Case en tôle

Roukia Youssouf

Case en tôle

Une enfance mahoraise

A notre mère qui a toujours été là pour nous,

A mes sœurs qui ont vécu avec moi les épisodes heureux et douloureux,

A mon père, en souvenir des bons moments et en oubliant les autres,

A mon grand frère,

A mes demi-frères et demi-sœurs, connus et inconnus,

A Françoise, pour la belle aquarelle de la couverture,

A tous mes lecteurs.

Enfances

La première partie de mon enfance fut heureuse et insouciante.

Notre père avait un travail et, pendant les années où il resta avec nous, nous n'avons jamais manqué de l'essentiel. Il ne gagnait pas beaucoup, mais cela suffisait à mettre sur la table de quoi remplir nos ventres affamés et même à nous gâter de temps en temps avec des friandises.

Quand il quitta la maison, la belle harmonie de notre famille fut brusquement rompue et l'avenir, pour mes sœurs et pour notre mère, allait être une succession de moments heureux et de moments tristes.

C'est mon histoire, celle des dix-huit premières années de ma vie sur cette petite île perdue dans l'Océan Indien, que je vais vous raconter, en essayant de ne rien oublier.

La vie dans notre case

Nous étions sept dans notre case : papa, maman, mes deux sœurs et la jeune sœur de ma mère qui avait à peu près notre âge. Il y avait aussi mon grand frère que ma mère avait eu d'une précédente relation quand elle était encore à Anjouan. Ma sœur aînée avait deux ans de plus que moi et ma petite sœur six ans de moins.

Notre case était certes fragile et sans confort, mais, contrairement à beaucoup d'autres, elle comportait quatre pièces. L'une des pièces était la chambre des quatre filles, avec un seul lit sur lequel nous avions appris à dormir tête-bêche, comme les sardines dans leur boîte. Le matelas de mousse, très ordinaire, supportait mal le poids de quatre enfants et, plus le temps passait, plus il devenait inconfortable. Notre frère avait plus de chance car la coutume veut que garçons et filles ne dorment pas dans la même pièce. Il avait donc une pièce pour lui tout seul. La dernière chambre était celle de nos parents, puis celle de notre mère après le départ de notre père. Enfin, la dernière pièce, à l'arrière de la case, servait de cuisine.

Chez nous, les valises remplaçaient les meubles que nous n'avions pas et nous y rangions nos vêtements. En somme, nous étions prêts à partir sans délai en cas de besoin puisque presque tout ce que nous possédions était dans ces bagages, mais où serions-nous allés ? La première fois qu'une valise servit à son véritable usage ce fut bien des années plus tard, lorsque ma grande sœur partit faire ses études en France.

Le matin, nous ouvrions la porte de la case et nous ne la refermions que le soir. A quoi bon fermer une porte dans la journée quand l'essentiel des activités se passe à l'extérieur ?

Dans le jardin, une construction de bois et de vieilles tôles de récupération servait à la fois de salle de bain et de WC. C'est là que, chaque matin, mes sœurs et moi prenions une douche ensemble, torse nu, seulement vêtues d'une culotte. Pas question d'être entièrement nues ! C'est une pudeur que nous avons toujours gardée, jusqu'à aujourd'hui.

Même sous les tropiques l'eau est très froide le matin et la douche n'était jamais un moment agréable ! On finit par s'habituer aux douches froides, mais nous n'avons jamais pu vaincre la peur que nous ressentions lorsque des besoins pressants nous obligeaient à sortir dans la nuit pour rejoindre le cabanon. Se retenir jusqu'au matin était impossible, mais sortir seule dans la nuit était impensable ! Alors, lorsque l'urgence était de mon côté, je réveillais ma grande sœur pour qu'elle m'accompagne, après quoi nous retournions nous coucher, soulagées d'être sorties vivantes de cette périlleuse expédition nocturne. Et c'est ainsi qu'à tour de rôle chacune devenait la gardienne de l'autre dans la nuit de tous les dangers.

Cette peur n'était pas tout à fait irrationnelle. En effet, après le départ de notre père, aucun homme n'était là pour nous protéger lorsque notre frère allait dormir dans un banga avec des amis. Aussi, quand venait le soir, l'angoisse nous prenait à la gorge. La porte d'entrée tenait si mal qu'un simple coup de pied l'aurait fait voler en éclats et j'ai souvent rêvé qu'un vagabond mal intentionné tentait de s'introduire chez nous. C'était un rêve tellement intense que j'ai longtemps pensé que cela était vraiment arrivé et il m'arrive encore de faire ce cauchemar.

Dans le quartier nous étions nombreux à habiter dans des cases en tôle et l'entraide entre pauvres marchait bien. Quand il ne nous restait plus rien à manger, il se trouvait toujours une voisine pour partager le peu qu'elle avait. En retour, lorsque nos réserves nous le permettaient, nous venions en aide à ceux qui étaient momentanément plus démunis que nous. J'aurai l'occasion d'en reparler.

Nous n'avions pas honte d'être pauvres, mais notre mère mettait un point d'honneur à nous coiffer et à nous vêtir de telle sorte que cela ne se remarque pas. C'est la fierté des pauvres de ne pas s'apitoyer sur leur sort et de ne pas provoquer la pitié des autres. Un ventre vide ne se voit pas.

Personne n'aurait pu deviner que notre case tenait par enchantement sur des montants de bois à moitié pourris et que les tôles étaient trouées. Chaque année, avant que la saison des pluies ne commence, il fallait monter sur le toit et mettre un peu de résine sur les pointes et sur les trous pour éviter que la pluie ne pénètre à l'intérieur et que le sol en terre battue ne se transforme en boue. Après le départ de notre père c'est un voisin qui se chargeait de ce rafistolage rendu chaque année plus difficile et moins efficace car les trous s'agrandissaient sous l'effet de la rouille. L'air marin et le métal ne font pas bon ménage. Il aurait fallu remplacer les tôles et cimenter le sol de la case, mais nous n'en avions pas les moyens.

Nous ne payions pas de loyer pour notre case et son grand jardin car la propriétaire qui habitait sur l'île de la Réunion avait conclu un marché à l'amiable avec nos parents. Elle savait que des gens sans scrupules pouvaient squatter une maison inoccupée et même se l'approprier au bout d'un certain temps. Elle préférait donc qu'une famille dont elle connaissait l'intégrité occupe les lieux, quitte à ne percevoir aucun loyer. Sans cet avantage en nature je préfère ne pas imaginer ce que nous serions devenus.

Certes, cette case n'était pas en bon état, mais elle était assez spacieuse pour nous loger tous et, surtout, elle était entourée d'un grand jardin qui nous a bien aidés à supporter les années de galère. Très tôt, mes parents avaient planté des arbres qui vinrent s'ajouter au badamier, à l'oranger et au cocotier déjà présents et, quand les manguiers et le goyavier commencèrent à donner des fruits, le dessert se trouva à portée de main.

Malheureusement, notre espoir fut vite déçu de récolter patates douces, tarots, ignames et manioc, les racines que nous aimions tant, car le sol était trop pauvre, trop caillouteux. Nous devions aller au marché tout proche du Four-à-Chaux pour en acheter.

Notre aliment de base était le riz et les sacs de vingt-cinq kilos devaient durer tout un mois. Au magasin SODIFRAM nous achetions chaque mois un carton de mabawas, ces ailes de poulet surgelées très appréciées à Mayotte par ceux qui ne peuvent s'offrir les parties nobles des volailles. Aujourd'hui, je sais que ces rebuts d'abattoirs européens présentent un vrai danger pour la santé, particulièrement chez ceux qui en font leur ordinaire, car il ne s'agit sûrement pas de poulets élevés en plein air avec de la nourriture bio ! Les gens raffolent des mabawas parce qu'ils sont très goûteux, mais c'est le gras qui leur donne ce bon goût. On peut dire que les mabawas, c'est du cholestérol en cartons de dix kilos !

Sur notre terrain nous élevions des poules et des coqs. Seuls les coqs passaient à la casserole, ou plutôt à la marmite, plusieurs fois par an. Les poules n'étaient là que pour les œufs qu'elles venaient pondre dans notre case où elles se savaient à l'abri des rats et des chiens errants. Malheureusement, elles allaient aussi pondre chez les voisins qui trouvaient toujours à se plaindre des crottes, mais jamais des œufs. Parfois, nous entendions les cris désespérés d'un de nos coqs qui allait rejoindre une marmite qui n'était pas la nôtre. Nous ne pouvions rien y faire !

Sentant venir le moment de la ponte, la poule entrait dans notre case et se mettait en quête de l'endroit idéal, presque toujours le même petit recoin. Alors, confortablement installée, elle pondait un premier œuf sur le sol de terre battue et ne ressortait que pour se nourrir.

Nous profitions de son absence pour rendre son nid plus confortable en posant quelques vieux chiffons sur le sol, à l'endroit où elle avait pondu, en prenant soin de ne pas toucher ce premier œuf avec nos mains car nous savions qu'elle l'aurait rejeté.

Le lendemain, la poule revenait pour pondre son deuxième œuf et ainsi de suite, chaque jour. Nous étions persuadées qu'à partir de trois œufs la poule n'était plus capable de compter et qu'elle ne s'apercevrait de rien si nous chapardions le produit du jour reconnaissable au fait qu'il était plus propre et souvent encore chaud. Alors, profitant de son absence, nous faisions cuire cet œuf avant de le partager en quatre parts égales. C'était bien trop peu pour rassasier nos jeunes estomacs, mais ce n'était pas le but. Nous ne le faisions pas parce que nous avions faim, mais pour jouer aux grandes personnes et pour le goût délicieux de l'œuf tout frais.

Nous laissions la poule couver la plus grande partie de ses œufs car notre plus grand plaisir c'était l'éclosion, pas l'omelette. Cela se produisait généralement la nuit et le premier timide piaillement nous sortait du sommeil. Un poussin, puis deux, puis trois… Nous étions à chaque fois émerveillées devant ce miracle de la vie.

La poule n'était pas pressée de quitter son moelleux refuge car elle savait les dangers qui attendaient ses petits à l'extérieur. Si, dans la journée, elle les sortait pour leur apprendre les bases de leur éducation de poussins, dès que la nuit tombait elle ramenait sa petite famille dans la case pour les mettre à l'abri des prédateurs. Cela durait jusqu'à ce que la cohabitation devienne gênante à cause des piaillements qui nous empêchaient de dormir et surtout des crottes chaque jour plus abondantes. Alors, quand nous estimions que les poussins étaient en âge d'affronter la vraie vie, nous laissions la poule et les poussins sortir, mais, le soir venu, nous ne les laissions pas rentrer.

Quand elle se présentait à la porte et qu'elle la trouvait fermée, la poule savait manifester son mécontentement en caquetant rageusement et elle restait de longues minutes dans l'espoir que nous changions d'avis. Voyant que cela n'arrivait pas, elle finissait par renoncer et conduisait ses poussins au pied d'un arbre pour tenter de leur apprendre à voler jusqu'à une hauteur qui les mettrait à l'abri. Les plus forts parvenaient à rejoindre leur mère, mais les autres devaient se contenter des branches les plus basses et les prédateurs ne tardaient pas à prélever leur part. Au bout de quelques jours, il n'était pas rare de voir la poule accompagnée de seulement deux ou trois poussins. Cela nous rendait tristes mais qu'aurions-nous pu faire ? Nous n'avions pas l'argent pour construire un poulailler et nous ne pouvions cohabiter indéfiniment dans la case avec les couvées qui se succédaient.

Lorsque certains poussins devenaient de beaux coqs, la concurrence les poussait à se battre pour s'assurer les faveurs exclusives des poules. C'était le moment où, pour notre plus grand plaisir, l'un des coqs se retrouvait à mijoter dans une délicieuse sauce dont notre mère avait le secret.

Nous avons toujours mangé à notre faim lorsque notre père vivait avec nous et c'est seulement après son départ que notre régime alimentaire changea radicalement. Dans la marmite en aluminium, très courante sous nos latitudes, le riz remplaça les bons petits plats mijotés à base de viande et de racines.

Malheureusement, avec toutes ces bouches à nourrir il arrivait souvent que le sac de riz soit fini avant la fin du mois et nous allions alors nous coucher le ventre vide, sans espoir de le remplir au matin avant de partir pour l'école coranique ou pour l'école publique.

Pour calmer notre faim, nous avions une astuce bien connue à Mayotte. Au lieu de nettoyer la marmite après le repas, nous la laissions sur le feu afin que les grains de riz collés aux parois grillent, un peu comme du pop corn, en faisant bien attention qu'ils ne brûlent pas. Nous versions alors dans la marmite de l'eau qui se colorait et s'épaississait un peu. Cette boisson des pauvres s'appelle le pangou. Quand nous avions du sucre ou du lait en poudre à rajouter, c'était un vrai délice.

Sans le pangou que serions-nous devenues ? Comment aurions-nous supporté les longues journées d'école ?

Il est encore un peu tôt pour parler du départ de notre père et de ses conséquences. Quelques épisodes me reviennent en mémoire de cette première période de mon enfance qui fut surtout heureuse.

Voyons d'abord comment un céphalopode a laissé de douloureuse traces dans ma mémoire après en avoir laissé sur mon corps.

Le poulpe

Le poulpe est un mets de choix que l'on consomme peu à Mayotte car les pêcheurs en rapportent rarement. Je n'aimais ni la vue ni l'odeur de cet étrange animal et sa rareté me convenait très bien. En revanche, notre mère aimait beaucoup le « pwedza » et elle demandait parfois à un pêcheur de lui en réserver un.

La première fois que j'en ai mangé je n'avais pas plus de quatre ou cinq ans et, sur le moment, je n'avais rien ressenti de spécial. Ce n'est qu'une semaine plus tard que mon corps se couvrit de boutons, mais personne ne fit le rapprochement. Ma mère me conduisit au dispensaire où le médecin prescrivit de la Bétadine dont l'application fit rapidement disparaître les boutons.

Par malheur, dans l'ignorance où nous étions des causes, il m'arriva de remanger du poulpe et, cette fois, la réaction fut bien pire. Les boutons, plus nombreux et plus douloureux que la première fois, ressemblaient désormais aux ventouses des tentacules. C'est sans doute à cause de cela que l'on comprit enfin ce qui les avait causés.

Cette fois, la Bétadine n'y fit rien et les plantes médicinales conseillées par des voisines ne furent pas plus efficaces. Il aurait fallu que je cesse de me gratter et d'exposer les plaies à une surinfection, mais comment convaincre une enfant de mon âge d'être raisonnable ? Comme je me trainais un peu partout, dans la terre et la poussière, le mal s'aggrava et les douleurs passèrent de vives à insupportables. La Bétadine n'agissait plus et le personnel du dispensaire était à court d'idées.

Ma mère, ne pouvant pas rester insensible à mes cris de douleurs, décida de me conduire à la plage la plus proche avec l'espoir que l'eau de mer aurait un pouvoir cicatrisant supérieur à celui des médicaments. Cette idée me plaisait bien parce que j'adorais me baigner à la mer.

J'étais loin de me douter de ce qui m'attendait.

La plage la plus proche de chez nous était en contrebas de l'unique station d'essence de Petite Terre et cela ne prit que quelques minutes pour y arriver.

A peine entrée dans l'eau, je compris qu'il ne s'agissait pas d'une simple baignade. Ma mère prit un peu de sable dans ses mains et entreprit de l'utiliser pour me frotter tout le corps afin de retirer les croûtes et mettre les plaies en contact direct avec l'eau salée. Je pense, sans crainte de me tromper, que toute la population de la petite île m'entendit crier. Les plaies étant désormais à vif la douleur devint intolérable et je suppliai ma mère de mettre fin à ce supplice. Peine perdue ! Elle continua à me frictionner énergiquement, persuadée que seul ce traitement pouvait me guérir.

La deuxième fois, maman dut me porter une partie du chemin et me trainer quand je devenais trop lourde. Comme je n'étais pas de taille à résister, les frictions recommencèrent et les cris aussi.

Au bout de quelques jours, il était clair que le traitement ne marchait pas. Maman ne savait plus quoi faire pour me soulager et elle craignait même que je ne guérisse jamais quand une voisine proposa l'idée la plus farfelue que l'on puisse imaginer. Avait-elle quelques notions d'homéopathie pour penser qu'il fallait soigner le mal par le mal ? Toujours est-il qu'elle annonça, d'un ton docte, que seule l'eau de cuisson d'un poulpe pouvait me guérir puisque c'était un poulpe qui avait causé le mal.

Le hasard faisant bien les choses, il se trouvait qu'elle avait préparé du pwedza ce jour-là et, quand l'eau de cuisson eut refroidi, on me plongea dans la marmite.

On raconte que Cléopâtre prenait des bains de lait d'ânesse pour avoir une belle peau. C'est sans doute parce que je n'étais pas une reine ou peut-être parce qu'il n'y avait pas d'ânesse sur l'île qu'on me fit prendre ce vulgaire bain d'eau de cuisson du poulpe. C'était beaucoup moins chic et, surtout, totalement inefficace.

C'est la patience qui se révéla être le meilleur remède, mais cela prit du temps.

Maman n'avait pas attendu ma totale guérison pour bannir le poulpe de la maison et ce n'est qu'après mon départ pour la France qu'elle a remangé de ce plat qu'elle adore.

Cyclones

Il y eut un moment où tous nos voisins, même ceux qui auraient aimé nous renvoyer à Anjouan, firent preuve d'une extraordinaire solidarité. C'est dans les circonstances exceptionnelles que la vraie nature des humains se révèle et c'est parfois une bonne surprise.

Les cyclones qui viennent presque tous les ans frapper La Réunion et Madagascar épargnent la plupart du temps les îles du canal du Mozambique, se contentant de frôler Mayotte. Les vents et les fortes pluies qui s'abattent sur l'île ne feraient pas de gros dégâts si toute la population vivait dans des maisons en dur, mais ce n'était pas le cas dans mon enfance et, malheureusement, ce n'est toujours pas le cas aujourd'hui.

En cas d'alerte, chacun sait ce qu'il a à faire. Il faut consolider son habitation, barricader les ouvertures et faire des provisions de nourriture, de bougies et de piles. Les bougies sont indispensables quand l'électricité est coupée et les piles servent à alimenter le poste de radio qui permet de suivre l'évolution du phénomène et les consignes de la préfecture.

Je n'avais que cinq ans lorsqu'un cyclone s'approcha si près de Mayotte que la radio et la télévision alertèrent la population. Notre père se chargea des courses et notre mère regroupa nos affaires les plus précieuses, pensant surtout à protéger les vêtements de la pluie qui trouverait inévitablement le moyen de se faufiler entre les tôles mal jointes du toit et des murs.

Dans la journée, notre père avait posé sur le toit des sacs de gravats destinés à empêcher les tôles de s'envoler. C'est ce que font tous ceux qui habitent dans des cases lorsque la menace cyclonique est imminente, bien conscients que cela ne suffira pas, mais incapables de faire mieux.

Les premières pluies étaient arrivées dans la journée, mais c'est à la nuit tombée, au fur et à mesure que le cyclone se rapprochait, qu'elles se firent plus fortes. J'étais bien trop jeune pour sentir le danger et je m'endormis comme si de rien n'était, étrangement bercée par le vacarme que faisait le déluge sur le toit et le vent dans les arbres. J'aurais pu me réveiller le lendemain matin, une fois le calme revenu, si le phénomène ne s'était pas acharné sur notre case.

Quand la pluie et le vent redoublèrent d'intensité, la case se mit à trembler et montra des signes de faiblesse. Les montants en bois craquaient et mes parents savaient bien pourquoi. Les termites rongent le bois de l'intérieur et laissent sa surface intacte. Vu de l'extérieur, il paraît solide alors qu'il est creusé de galeries qui le rendent fragile comme du verre.

Il fallait se rendre à l'évidence, la case n'allait pas résister. Un coup de vent plus fort que les autres et elle s'effondrerait.

Toujours plongée dans mon sommeil, je ne pris pas part aux grandes manœuvres d'évacuation de nos biens et, lorsque mes parents vinrent me chercher, je refusai obstinément de sortir du lit. Je n'ai pas le souvenir des moyens qu'ils durent employer pour me convaincre, mais j'imagine qu'un mini-cyclone s'abattit sur mes fesses pour me donner une idée de ce qui se passait dehors et, surtout, pour me sauver du naufrage de notre habitation.

A l'extérieur, je fus surprise de voir une foule rassemblée sous la pluie battante, non pas pour observer avec curiosité comme ce serait peut-être le cas aujourd'hui, mais pour aider. Les femmes du voisinage prenaient nos objets les plus fragiles, les plus indispensables, pour les mettre à l'abri chez elles. Les hommes avaient apporté des cordes qu'ils utilisèrent pour arrimer notre case aux arbres qui tenaient encore debout et à la maison en dur la plus proche. Je n'avais jamais vu autant de monde autour de notre case et, dans cette nuit terrible où seule la lumière des lampes torches zébrait l'obscurité, j'aurais pu me croire encore endormie, au milieu d'un cauchemar.

L'arrivée du gros camion rouge des pompiers me fit réaliser que je ne rêvais pas. Les yeux écarquillés, j'assistai au spectacle incroyable de pompiers en uniforme montant sur le toit de notre case pour retirer une à une les tôles qui auraient pu s'envoler avec les bourrasques et blesser gravement des personnes imprudemment restées dehors.

Quand il ne resta plus que la structure fragile des murs, les cordes qui retenaient la case ne purent empêcher l'effondrement. En quelques secondes, ce qui avait été notre maison n'était plus qu'un tas de tôles et de bouts de bois brisés jonchant le sol.

Les querelles de voisinage étaient oubliées. Même ceux qui nous insultaient naguère et qui auraient voulu nous voir quitter l'île étaient là.

La nouvelle de notre infortune s'étant rapidement propagée au-delà du quartier, les voisins les plus proches furent bientôt rejoints par d'autres qui habitaient assez loin de chez nous et que nous connaissions peu. Pauvres et moins pauvres, habitants de maisons en dur ou de cases misérables, tous étaient venus nous aider dans un magnifique élan de solidarité.

Dès le lendemain, alors que nous avions trouvé refuge dans une case en feuilles de cocotiers tressées mise à notre disposition, les voisins entreprirent la reconstruction de notre case. Chacun apporta ce qu'il avait, ce qu'il pouvait donner. Des montants de bois tout neufs furent dressés, les tôles qui avaient pu être récupérées et d'autres, flambant neuves, furent ajustées et clouées par une armée d'ouvriers bénévoles. Deux jours plus tard, la case était reconstruite et, quand nous eûmes récupéré nos affaires chez les uns et les autres, notre vie reprit son cours habituel.

C'est en grande partie à notre père et à sa générosité envers les voisins que nous devions cet extraordinaire élan de solidarité. Il aimait aider les autres et se souciait d'apporter aux plus démunis du voisinage ce qui leur manquait. Ce n'était jamais de l'argent mais des produits de première nécessité comme le sucre, la farine, le lait et surtout le riz. Tout le monde l'appréciait.

Quand il quitta la maison, quelques années plus tard, nombreux sont ceux qui lui reprochèrent d'abandonner sa femme et ses trois filles. Ils ne comprenaient pas comment cet homme si généreux avec eux avait pu se comporter aussi mal avec sa propre famille. Leur déception fut à la hauteur de l'estime qu'ils avaient éprouvée pour lui.

En ce qui nous concerne, son départ fit bien plus de ravages que le cyclone.

Nos vacances

Ma grande sœur et moi attendions toujours les vacances scolaires avec beaucoup d'impatience. Nous n'allions pas bien loin, mais sortir de notre quotidien valait tous les grands voyages auxquels, d'ailleurs, nous ne pensions pas. Notre univers ne dépassait pas les limites de notre île.

Notre père avait deux sœurs en Petite Terre. Dès le premier jour des vacances, il nous conduisait chez l'une ou l'autre pour notre plus grand bonheur. Notre petite sœur restait avec notre mère car elle était bien trop jeune pour venir avec nous.

Nos tantes de Petite Terre habitaient sur la colline de la Vigie, dans des cases proches l'une de l'autre mais bien différentes. La case du bas était petite et sans confort. C'était celle d'une tante qui avait eu, à Anjouan, trois garçons et une fille. Les garçons avaient une dizaine d'années de plus que nous et, comme la case n'avait qu'une pièce, ils dormaient dans un banga qu'ils avaient construit dans la cour. A Mayotte, quand les garçons grandissent ils ne partagent plus la chambre des filles.

Après son arrivée à Mayotte, cette tante avait épousé un pêcheur et avait eu avec lui deux filles et un fils dont je reparlerai un peu plus loin. L'entretien de cette famille nombreuse occupait ses journées et, comme elle ne travaillait pas à l'extérieur, le seul argent qui rentrait à la maison provenait de la vente des poissons pêchés par son mari. La famille ne roulait pas sur l'or, mais les poissons qui n'avaient pas trouvé preneur sur le marché se retrouvaient à la table familiale et chacun mangeait à sa faim.

Lorsque nous logions chez elle, nous nous levions le matin avec comme seul souci la façon dont nous allions occuper notre journée. Un bien petit souci car nous ne manquions pas d'imagination. Notre tante n'exigeait de nous aucune participation aux tâches ménagères. Au sortir du lit, nous trouvions le petit déjeuner prêt, avec du pain frais que ses grands garçons étaient allés chercher et, à midi, un délicieux repas de poisson nous attendait chaque jour.

La case de l'autre tante, située plus haut sur la colline, était grande et bien équipée. Son mari était chauffeur de taxi et elle travaillait chez Méga, un grand magasin d'électroménager de Grande Terre. Grâce à leurs deux revenus, ils vivaient confortablement dans une maison construite solidement avec des tôles neuves. Dans chacune des quatre pièces le sol était couvert de carrelage, ce qui nous changeait de la terre battue de notre case. La cuisine disposait de tout le confort moderne : réfrigérateur, gazinière, machine à laver. Dans le salon, il y avait un grand canapé, une télévision et un magnétoscope. C'est là que ma sœur et moi avons regardé pour la première fois Blanche Neige et les Sept Nains.

Cette tante avait eu deux garçons d'une première union, sensiblement du même âge que nous, et deux autres, plus jeunes, avec son nouveau mari. Chaque matin, après avoir préparé le petit déjeuner, elle quittait la maison pour aller à son travail en Grande Terre. La seule tâche qu'elle nous imposait était de faire le ménage ce qui, avec l'aide de ses enfants, ne nous prenait pas beaucoup de temps. Quand elle rentrait, aux environs de seize heures, elle cuisinait un copieux repas, souvent à base de poulet, de bananes frites et de manioc.

Selon nos envies et l'humeur du moment nous prenions le repas du soir chez l'une ou l'autre tante, sans avoir à prévenir. Il y avait toujours suffisamment à manger pour tout le monde. Elles nous reprochaient souvent de n'apparaître qu'au moment des repas et de ne penser qu'à jouer, mais c'était sans aucune méchanceté.

Nos tantes ne faisaient pas de différence entre nous et leurs propres enfants. En revanche, je dois avouer que ma sœur et moi étions plus sélectives. Nous avions une préférence pour la tante du bas parce qu'elle était simple, contrairement à celle du haut dont la façon de parler, de s'habiller et de se maquiller la faisait ressembler à une bourgeoise. Elle semblait tout faire pour y parvenir et son côté maniéré nous agaçait. Jouer les grandes dames quand on habite dans une maison en tôle, même confortable, a quelque chose de dérisoire.

En revanche, nous n'avions pas de préférence pour l'une ou l'autre case et le plus grand confort de celle du haut ne comptait pas. Ce qui était important pour nous c'était de passer de bons moments avec nos cousins et nos cousines, d'être déchargées des corvées auxquelles nous étions habituées le reste de l'année et aussi, je l'avoue, de ne pas avoir à aller à l'école coranique. Vous comprendrez pourquoi un peu plus tard.

Quand le moment de retourner chez nous arrivait, nous étions vraiment tristes. Les blagues de nos cousins, la liberté d'aller et venir à notre guise, les repas copieux, tout cela allait nous manquer, jusqu'aux prochaines vacances.

Nous ne passions pas toujours nos vacances sur la Petite Terre. En effet, il arrivait que notre père décide de nous conduire chez une autre soeur qui habitait le village de Tsararano, sur la Grande Terre.

Pour rejoindre l'île principale, distante d'environ un kilomètre, il faut prendre un bateau qu'on appelle une barge. Ceux qui prennent la barge régulièrement ont inventé le verbe « barger ». Il n'y a que les touristes et les fonctionnaires fraîchement débarqués pour « prendre la barge ». Très vite, les métropolitains, que nous appelons m'zoungous, font comme les mahorais : ils « bargent » !

Dès que la barge s'immobilise, le capitaine abaisse la rampe d'accès et les passagers descendent. Ceux qui attendent pour embarquer ne montent à bord que lorsque le dernier passager est descendu. Cela se fait sans bousculades, selon un rituel immuable qui se répète toutes les demi-heures.

Le flux des passagers qui embarquent se divise en deux groupes : certains restent en bas et d'autres montent à l'étage. Dans les deux cas, ce sont des banquettes de bois inconfortables qui les attendent. Pour les personnes âgées et les « bouénis » un peu enveloppées, le choix du bas s'impose car l'escalier est raide, mais la partie haute de la barge est préférable car on y profite d'une meilleure vue. Certains vous diront qu'on y sent plus l'odeur âcre des gaz d'échappement que le parfum suave de l'ylang-ylang. Ce sont de mauvaises langues qui ne savent pas voir le bon côté des choses.

Les gens qui bargent matin et soir font-ils encore attention à l'extraordinaire beauté du lagon, à la douceur des alizées ? Pour nous, barger n'était pas qu'une traversée, c'était le début d'un voyage, d'une expédition sur la grande île. Chaque moment passé loin de notre quotidien était un moment privilégié où tous nos sens étaient en éveil. Les enfants des familles riches éprouvaient peut-être les mêmes sensations en montant dans l'avion pour la France, mais c'était bien cher payer ce qui ne nous coûtait qu'un ticket de barge.

Arrivés à Mamoudzou, nous montions dans un minibus qui ne partait que lorsqu'il était plein. L'attente pouvait être longue, mais tout le monde était habitué à cette pratique et personne ne se plaignait. Nous finissions par être serrés comme des sardines et notre père devait prendre l'une de nous deux sur ses genoux pour permettre aux derniers arrivants de s'asseoir. Alors, le minibus pouvait démarrer.

Même si le village de notre tante n'était qu'à quelques kilomètres de Mamoudzou, le voyage paraissait long. Il faut dire qu'en chemin le chauffeur s'arrêtait souvent pour permettre aux passagers de faire quelques achats sur les petits marchés au bord de la route.

Notre père achetait quelques fruits et légumes pour ne pas arriver les mains vides et, après nous avoir déposées chez sa sœur, il disparaissait pour ne réapparaître qu'à la fin du séjour. Nous ignorions à l'époque que s'il ne restait pas avec nous c'est parce qu'il s'empressait de rejoindre une maîtresse qui habitait non loin de Tsararano.

Par chance, notre tante avait des enfants de notre âge avec qui nous passions tout notre temps à jouer. Tout comme chez nos tantes de Petite Terre, nous étions déchargées des corvées domestiques, de l'école coranique, et nous étions libres comme l'air toute la journée.

Ma sœur et moi aimions beaucoup ces vacances à Tsararano. Notre père aussi mais pour des raisons différentes !

Avant de conclure ce chapitre sur nos vacances, je tiens à parler d'un cousin que nous aimions beaucoup en Petite Terre. Il était l'un des enfants que la tante « du bas de la vigie » avait eus avec son mari pêcheur. Très affectueux et aussi plein d'humour, il ne manquait jamais d'inspiration et trouvait toujours une nouvelle fantaisie pour nous faire rire aux éclats. Nous l'adorions.

Très tôt, il avait eu un comportement et des manières qui faisaient plus penser à une fille qu'à un garçon. Il aimait se maquiller et s'habiller avec les vêtements de ses sœurs, mais, comme c'était un jeune garçon, tout le monde prenait ses manières efféminées pour un jeu. Cependant, en grandissant, son comportement resta le même et les gens dans la rue ne le virent plus avec la même indulgence. Les insultes fusaient lorsqu'il marchait en se dandinant avec beaucoup de grâce, ramenant d'un geste élégant son châle sur ses épaules.

Comme il n'était pas du genre à se laisser faire, il se dressait fièrement devant ceux qui l'avaient traité de « sarambavi » et répondait du tac au tac aux insultes, dans un style très imagé.

L'élégance et l'humour n'étaient pas partagés par ceux qui se moquaient de notre cousin. Un soir, alors qu'il marchait seul dans une rue mal éclairée, ils se jetèrent à plusieurs sur lui et le frappèrent de toutes leurs forces jusqu'à ce qu'il ne bouge plus.

Au matin, son corps sans vie fut retrouvé dans un fossé.

J'étais en France quand j'appris cette terrible nouvelle et j'en fus bouleversée. Ce garçon si drôle, si aimable, était tombé sous les coups de brutes qui ne supportaient pas que l'on puisse être différent.

Florilège de mes bêtises

De cette époque, j'ai gardé le souvenir de quelques bêtises qui m'ont valu quelques bonnes fessées.

Le billet volé

Environ une fois par an, notre père retournait à Anjouan. C'était, disait-il, pour revoir sa famille. Nous avons compris plus tard que la principale raison qui le poussait à retourner sur son île natale était de retrouver des personnes qui n'étaient pas de sa famille.

Je devais avoir sept ans lorsqu'un soir il annonça son départ pour le lendemain. A l'époque, les disputes entre nos parents étaient de plus en plus fréquentes et j'aurais dû me réjouir à l'idée de retrouver un peu de calme pendant son absence. En réalité, je ne pensais qu'aux friandises qu'il nous rapportait presque tous les soirs en rentrant du travail et dont nous allions être privées pendant un mois.

Une petite fille sage en aurait parlé avec lui et aurait sans doute obtenu un peu d'argent de poche pour ne pas être en manque de sucreries, mais j'étais tout à fait inconsciente et pas sage du tout.

Notre père laissait toujours trainer son portefeuille dans la case et, la veille de son départ, la tentation fut si forte que je l'ouvris et pris le premier billet que j'y trouvai, sans vraiment le regarder.

Le lendemain, sur le chemin de l'école, je révélai ce larcin à ma sœur qui, à mon grand étonnement, ne me fit pas de reproches. Beaucoup plus raisonnable que moi, l'idée ne lui serait jamais venue de prendre de l'argent dans le portefeuille, mais elle sembla approuver l'emploi que je comptais en faire.

Si ma sœur avait vu le billet, elle qui était plus agile que moi avec les chiffres, je suis sûre qu'elle aurait ouvert de grands yeux et que son sourire se serait figé.

Le billet ne quitta pas ma poche de toute la journée. Pas question de l'utiliser avant le départ de notre père, avant que le manque de bonbons ne se fasse sentir.

Je l'avais presque oublié quand, de retour à la maison, les regards des parents se tournèrent immédiatement vers moi. Le moins que l'on puisse dire est qu'ils n'étaient pas bienveillants.

« Rends l'argent, voleuse ! »

Je n'étais pas surprise d'être mise en accusation puisque j'étais la seule enfant terrible de la maison, mais je n'avais pas du tout conscience d'avoir volé. Je sortis de ma poche l'objet du délit et le tendis à mon père.

« Que comptais-tu faire avec cinquante euros ? » demanda ma mère.

Cinquante euros ? J'étais pétrifiée. Je ne pensais pas avoir pris un aussi gros billet !

La suite fut à l'opposé des douceurs que cet argent devait me permettre d'acheter et je pense que la rigueur du châtiment fut proportionnelle à la somme dérobée.

C'est ainsi que je découvris la valeur de l'argent.

« Nioha ! Nioha ! »

« Un serpent ! Un serpent ! »

Etait-ce vraiment un serpent que je venais d'apercevoir ? N'était-ce pas plutôt la queue d'un « ngouizi », ce lézard vert si répandu chez nous ?

Dans nos cases pleines d'interstices entre les tôles du toit et celles des murs, il n'est pas rare de voir toutes sortes de petites bêtes, les plus fréquentes étant précisément les ngouizis, mais aussi les souris qui viennent gratter la nuit et vous sortent de votre sommeil car vous imaginez que quelqu'un cherche à s'introduire dans la maison. De toutes les bestioles, les plus terribles sont les « tchambouis », ces scolopendres à la piqûre si douloureuse.

Même si une des rares couleuvres qui s'abritaient parfois sous le badamier était entrée dans la case, elle n'aurait présenté aucun danger. Aucun des serpents de Mayotte n'est venimeux.

Je hurlais si fort que mes parents accoururent, persuadés que je venais de rencontrer le seul spécimen d'une espèce mortelle.

Pendant de longues minutes ils déplacèrent tout ce qu'il y avait dans la case, soulevant avec d'infinies précautions les matelas et les valises dans lesquelles nous rangions nos vêtements. Mon père tenait fermement en main un chombo, prêt à couper la tête de cet animal qui avait osé terroriser sa fille.

Soudain, un ngouzi pointa le bout de sa queue verte, sifflant la fin de la minutieuse inspection des lieux.

Quand mes parents tournèrent vers moi leurs regards féroces, je compris que ma réputation d'enfant espiègle jouait clairement en ma défaveur. Pas l'ombre d'un doute dans leur esprit. J'avais tout inventé, pour le plaisir, pour me faire remarquer, pour ne pas aller à l'école coranique.

Si aucun reptile ne fut maltraité ce jour-là, ce ne fut pas le cas d'une petite fille de sept ans.

Je venais de découvrir le châtiment réservé aux menteurs.

« Moro, moro ! »

Me laisser seule dans la case n'était pas une bonne idée car je n'étais jamais à court d'imagination quand il s'agissait de trouver une nouvelle bêtise, mais comment notre mère aurait-elle pu me surveiller vingt-quatre heures sur vingt-quatre ?

Un jour, profitant du fait qu'elle était dans la cour, l'envie me prit de jouer avec les allumettes. Je me mis sous la table de la cuisine, à l'abri des regards, et j'entrepris de les craquer une par une.

Ce gaspillage d'une précieuse ressource aurait suffi à me valoir une bonne fessée, mais un geste imprudent rapprocha la flamme de la nappe en toile cirée qui prit aussitôt feu. J'aurais dû courir dehors pour avertir maman, avouer mon forfait et attendre le châtiment. Au lieu de cela, je me réfugiai dans un coin, immobile, comme paralysée par les flammes.

Quand la fumée arriva à ses narines, maman se précipita à l'intérieur et poussa un cri.

« Moro, moro ! » Au feu !

Elle chercha autour d'elle ce qui pouvait lui permettre d'arrêter ce début d'incendie et se saisit de la première chose qui lui tomba sous la main.

Si le vêtement de pluie de notre père fut sacrifié pour sauver la case, c'est une armure qu'il aurait fallu pour me protéger des mains vengeresses de ma mère.

Je n'avais pas conscience de la situation dans laquelle nous nous serions trouvées si la case avait brûlé.

Papa s'en va

J'avais quatre ans lorsque notre père décida de prendre une autre femme.

Si la religion musulmane permet la polygamie, elle exige en retour que l'homme polygame traite ses femmes de façon égale.

Son salaire de magasinier devant désormais entretenir deux foyers il en résulta forcément une baisse sensible de notre train de vie, mais ce qui nous affectait le plus c'était l'absence de papa, un soir sur deux, lorsqu'il rejoignait son autre famille. C'était triste de penser qu'il nous partageait avec les enfants d'une autre femme, que tout son amour n'était plus pour nous seules.

Je ne saurais dire combien de temps après ce premier départ notre père s'avisa de prendre une troisième épouse et, par voie de conséquence, de ne plus nous consacrer que le tiers de son temps. Les disputes entre nos parents n'en furent que plus violentes et nous assistions, désarmées et tristes, à l'effondrement de cet édifice de bonheur et d'insouciance que nous pensions bien plus solide que notre case.

La troisième femme ayant décidé de ne pas partager notre père avec ses rivales, elle entreprit très vite de sournoises manigances. Souvent, elle venait à la maison pour provoquer notre mère, mais les échanges restaient verbaux, les insultes répondant aux insultes sans que les rivales en viennent aux mains.

Quand cette dame comprit qu'elle n'arriverait pas à ses fins de cette manière elle profita d'une rencontre fortuite, loin du voisinage qu'elle nous savait favorable, pour faire parler ses mains et ses poings. Il faudrait ne pas connaître notre mère pour penser qu'elle se laissa maltraiter sans réagir et, lorsqu'elle rendit les coups, l'autre dame se dit qu'elle tenait sa vengeance.

Le soir venu, la troisième épouse expliqua à notre père que c'était notre mère qui l'avait agressée et qu'elle n'avait fait que se défendre. Sans doute avait-elle un hématome ici ou là pour prouver la violence de l'agression qu'elle disait avoir subie. On peut aussi imaginer que quelques paroles mielleuses et des larmes de crocodile suffirent à convaincre notre père de son innocence. Alors, pour éviter une escalade de la violence entre les deux femmes, fatigué des disputes incessantes à la maison, il décida de venir beaucoup moins souvent chez nous.

La troisième épouse avait remporté le match.

Nous étions désormais privées de notre père, privées du confort matériel qu'il nous apportait et, surtout, privées de tous les gestes de tendresse qu'il avait pour nous.

Maman

Le départ de notre père eut de nombreuses conséquences pour notre mère. Obligée d'aller faire le ménage chez des gens pour ramener à la maison la part qui manquait désormais au budget familial, elle rentrait le soir épuisée et ne tardait pas à aller dormir.

Je n'ai pas le souvenir de l'avoir vue encore debout après vingt heures trente. En revanche, comment oublier les pleurs qui filtraient à travers la mince cloison séparant sa chambre de la nôtre ? Cette fatigue et la tristesse de se retrouver seule la rendaient nerveuse et nous subissions très fréquemment, presque quotidiennement, des reproches auxquels nous n'étions pas habituées.

Maman se mit à prier, ce qu'elle n'avait jamais fait depuis son arrivée à Mayotte. Cela n'était pas fait pour diminuer sa fatigue dans la mesure où la première des cinq prières quotidiennes se fait bien avant le lever du jour. C'était étrange de la voir devenir aussi pieuse alors que nous étions une famille croyante, mais pas pratiquante. Il fallait qu'elle se sente bien seule pour chercher dans la prière le réconfort que son mari ne lui apportait plus. Malgré notre jeune âge cela ne nous échappait pas.

Lorsque notre père passait à la maison, pour nous voir et apporter sa maigre contribution financière, les disputes entre nos parents étaient inévitables et cela gâchait notre plaisir de le revoir. Nous avions besoin de sa présence et, en même temps, nous redoutions sa venue. Notre mère criait très fort, lui lançait au visage reproches et injures auxquels il répondait sans élever la voix car c'était son caractère. Cela devait contribuer à exaspérer davantage notre mère qui, un jour, ne se contenta pas de lancer des insultes, estimant que les objets qui lui tombaient sous la main seraient plus efficaces. Notre père comprit alors qu'il était préférable de ne plus venir.

Avant ce départ définitif dont j'aurai l'occasion de reparler il y eut de nombreux épisodes dont ma grande sœur et moi gardons de douloureux souvenirs.

Lorsque la colère de notre mère était à son comble elle ordonnait à notre père de nous garder avec lui. Bien sûr, il repartait sans nous car il savait que nous ne serions pas accueillies les bras ouverts dans son nouveau foyer. Notre mère refusait de s'avouer vaincue. La nuit venue, elle nous faisait mettre nos chaussures, nous prenait par la main et commençait alors une longue marche dans l'obscurité.

Nous restions quelques mètres derrière elle, sans doute parce qu'elle marchait d'un pas décidé que nous avions du mal à suivre, mais surtout parce que nous n'avions nulle envie d'aller où elle voulait nous conduire.

Une fois devant la maison où notre père vivait avec sa nouvelle femme, elle frappait de toutes ses forces sur la porte et sur les volets, insistant pour qu'il nous garde. Bien sûr, il faisait la sourde oreille, craignant un déchaînement de violence s'il sortait. Quand, après un long moment, notre mère renonçait et retournait seule à la maison, notre père ouvrait la porte, mais il ne nous laissait pas entrer. Il nous conduisait chez l'une de ses sœurs où nous restions jusqu'au matin.

Nous y étions toujours bien accueillies et je dois même dire que nous étions heureuses de retrouver les cousins et cousines de notre âge. C'est grâce au bon accueil que ces tantes nous réservaient et aux moments de complicité avec nos cousins et cousines que nous parvenions à oublier un peu notre immense tristesse.

Nous aurions pu en vouloir à notre mère de chercher à se débarrasser de nous, mais nous savions bien que c'était notre père qui méritait nos reproches. Après tout, c'est lui qui nous avait abandonnées et c'est elle qui en supportait les conséquences.

Nous avions d'autres bonnes raisons de ne pas en vouloir à notre mère. Malgré notre jeune âge, nous étions bien conscientes des efforts qu'elle faisait pour nous. En plus de son travail de femme de ménage qui l'occupait toute la semaine, elle consacrait une partie du week-end à préparer nos habits pour l'école, à laver nos cheveux et à nous faire les tresses.

Faire les tresses à quatre filles ça prend du temps et c'est fatigant ! Parfois, il suffisait qu'on ne penche pas la tête comme elle le voulait pour que les coups de peigne pleuvent. Nous acceptions sans broncher ses mouvements d'humeur et ses reproches car nous savions bien que nous n'en étions pas la vraie cause. Notre père n'étant plus là, toute sa colère et ses frustrations retombaient sur nous.

Nos parents étaient très différents. Papa était très affectueux et nous montrait souvent qu'il nous aimait alors que maman était plus distante, moins expansive. Lorsqu'il eut quitté la maison, elle se montra encore plus dure avec nous, plus exigeante, plus intransigeante. Il fallait que le travail de maison soit fait, impeccablement, et aucun geste, aucune parole ne venaient nous récompenser de nos efforts ou nous réconforter lorsque nous étions tristes.

Avec le recul, j'ai compris qu'elle voulait faire de nous des filles solides, prêtes à affronter une vie aussi dure que la sienne. Cela peut sembler étrange, mais c'était sans doute sa façon de nous témoigner son amour.

Sa vie n'avait jamais été facile. A Anjouan, troisième d'une fratrie de douze enfants, elle avait dû travailler dur, avec ses frères et sœurs, pour qu'il y ait à manger tous les jours. Par chance, ses parents avaient plusieurs champs où poussaient légumes et racines, mais aussi, ce qui est plus rare, des girofliers et des muscadiers. Clous de girofle et noix de muscades se vendaient un bon prix au marché local et cela permettait d'acheter ce que la terre ne produisait pas. Malgré tout, la viande n'était pratiquement jamais au menu, ni le poisson qu'il aurait fallu aller chercher loin. De toute façon, comme ils n'avaient pas l'électricité, rien ne se serait conservé.

Pour se laver et pour laver le linge, faute d'avoir de l'eau à la maison, il fallait aller à la rivière. Ce qui aurait été pour nous une insupportable contrainte était, pour elle et ses copines du voisinage, des moments de joie. La toilette et la lessive se faisaient dans la bonne humeur et je peux les imaginer jouant à s'éclabousser tout en se racontant les petits potins du voisinage.

Notre mère nous parlait peu de son enfance à Anjouan, mais elle faisait une exception pour ces escapades à la rivière. Suivait un silence pendant lequel son regard devenait vague avant que son visage s'éclaire d'un sourire en repensant à ces rares moments heureux.

Comme nous, elle avait vécu le départ de son père, parti rejoindre une autre femme, mais c'était le seul point commun car nous n'avons jamais connu une misère semblable à la sienne dans son enfance.

Notre grand-mère se retrouvant seule pour élever ses douze enfants, privée de l'argent que son maçon de mari rapportait à la maison, il n'était plus question de faire autre chose que les travaux des champs. La scolarité de notre mère s'arrêta donc à la fin de l'école primaire.

A dix-huit ans, elle rencontra un garçon dont elle tomba enceinte. Les promesses de mariage, il les réalisa avec une autre et notre mère se retrouva dans une situation peu enviable. Elle portait dans son ventre un enfant conçu hors mariage et on lui fit sèchement comprendre qu'il n'était pas question d'accepter cette bouche de plus à nourrir, que sa place n'était plus au sein de la famille et qu'elle devait prendre son destin en main.

Elle nous raconta qu'un jour, un de ses frères mit un coup de pied dans la marmite où cuisait le repas qu'elle s'était préparé à l'écart des autres qui la rejetaient. J'imagine que ce geste fut accompagné de quelques propos bien peu fraternels.

Rejetée par sa famille, elle n'eut pas d'autre choix que l'exil, le départ pour Mayotte à bord d'une de ces fragiles embarcations que l'on appelle kwasa-kwasa, en référence à une danse africaine. Et c'est ainsi que, à peine âgée de vingt ans, notre mère prit dans ses bras son enfant de neuf mois et monta dans un « kwasa », au milieu d'autres candidats à l'exil.

Si la traversée d'une soixantaine de kilomètres secoue les corps comme cette danse africaine, elle est surtout très risquée. Lorsque la mer est mauvaise, il arrive souvent que les frêles embarcations se retournent et que tous les passagers se noient. Plusieurs milliers de comoriens cherchant à rejoindre ce bout de France qu'est Mayotte se sont noyés depuis l'indépendance de leurs îles.

De tout cela elle parlait peu et, aujourd'hui encore, nous ne savons pas grand-chose de sa jeunesse et de son départ pour Mayotte si ce n'est qu'à son arrivée des cousins l'accueillirent. Un accueil qui n'avait rien de chaleureux, mais qui procurait un toit à la mère et à l'enfant.

Pour subvenir à ses besoins et à ceux de son enfant, elle allait chaque jour proposer ses services dans le voisinage. Pour quelques pièces, elle lavait le linge ou aidait à préparer les repas chez des gens qu'elle ne connaissait pas.

Quelques mois plus tard, elle rencontra celui qui allait devenir notre père et, pendant toutes les années où ils restèrent ensemble, elle n'eut pas à travailler à l'extérieur, bien assez occupée à la maison avec un mari et cinq enfants. Incapable de rancune, elle accueillait parfois chez nous ses frères qui l'avaient si mal traitée et envoyait régulièrement à Anjouan les articles de première nécessité qui manquaient à sa famille restée sur place. Pour cela, elle se rendait au quai Balou, d'où part aujourd'hui encore le bateau pour l'île voisine, et elle remettait un colis à un matelot. Je sais qu'elle n'a eu aucun remerciement en retour et qu'elle est restée une paria aux yeux de beaucoup de ses frères et sœurs. Elle en a beaucoup souffert et en souffre sans doute encore, mais cela ne l'a pas changée, ne l'a pas rendue aigrie ou moins généreuse.

Après le départ de notre père, privée du salaire qu'il rapportait chaque mois à la maison, elle dut se remettre à la recherche d'un emploi.

Ses premiers employeurs furent un couple de mahorais aisés et bien logés. Pour deux cents euros par mois, elle devait faire le ménage, la lessive, préparer tous les repas pour le couple et ses quatre enfants. C'était un travail tellement harassant qu'elle n'eut bientôt pas d'autre solution que de proposer à une de ses sœurs de venir l'aider, en contrepartie de quoi elle lui versait la moitié de son salaire.

Les employeurs étaient bien conscients que notre mère ne pouvait pas, à elle seule, faire tout le travail qu'on attendait d'elle, mais ils n'avaient pas du tout l'intention d'embaucher quelqu'un d'autre ou de la payer davantage. Qu'elle se fasse aider ne les dérangeait pas, à condition de ne pas avoir à débourser un euro de plus. Et c'est ainsi que notre mère ne rapporta plus à la maison que cent euros tous les mois.

Cet arrangement ne tarda pas à tourner en sa défaveur car notre tante ne mettait pas beaucoup de cœur à l'ouvrage et ses absences se firent de plus en plus nombreuses. Elle commença par manquer à l'appel un jour par semaine, puis deux jours, puis finit par ne plus aller travailler du tout. Pour autant, notre mère continua pendant plusieurs mois à lui verser sa part de cent euros. Je n'aurais pas eu sa patience ! Lorsqu'elle cessa de le faire ce fut pour de bonnes raisons.

En effet, si notre tante n'était pas très assidue au travail, elle l'était bien davantage auprès des hommes. Elle papillonnait de l'un à l'autre et, comme elle était très belle, beaucoup d'hommes la convoitaient. Elle ne savait résister ni à leurs discours charmeurs, ni aux avantages en nature que cette vie lui procurait. Toujours vêtue de façon élégante, elle portait des bijoux et se parfumait.

J'aurai l'occasion de reparler d'elle.

Maman se retrouva donc de nouveau seule pour tout faire chez ses employeurs. Elle n'y était pas mal traitée, mais on lui faisait bien sentir qu'elle n'était qu'une domestique et une étrangère. Lorsqu'un des fils se retrouva au collège dans la même classe que ma grande sœur, son employeur lui fit cette remarque humiliante : « Qu'est-ce que ça te fait de savoir ta fille dans la même classe qu'un enfant de bourgeois ? ».

Ce fut la goutte d'eau qui, venant s'ajouter à une charge de travail devenue trop lourde, fit déborder le vase. Notre mère prit la décision de ne plus travailler pour ces gens.

Elle retrouva un emploi chez une dame malgache qui, contrairement à ses précédents patrons, avait une petite maison et un seul enfant. Malheureusement, cette maison aux murs en dur et au toit en tôle était plus éloignée de notre case que la grande maison des mahorais.

La dame travaillait en Grande Terre et notre mère devait arriver chez elle de très bonne heure pour garder son enfant de six ans. Le ménage de la petite case était vite fait et, la plupart du temps, maman rentrait à la maison avec le petit garçon qui adorait venir jouer avec nous et que nous eûmes tôt fait de considérer comme notre petit frère.

Le soir venu, notre mère ramenait l'enfant chez lui et attendait le retour de sa patronne. Quand elle rentrait à la maison, il était tard et elle allait directement se coucher, attendant impatiemment son jour de repos, un dimanche sur deux.

Aujourd'hui, épuisée par ces années de dur labeur, notre mère n'a plus la force de travailler et c'est ma sœur et moi qui pourvoyons à son entretien. Comment pourrions-nous la laisser sans ressources alors qu'elle a tant fait pour nous ? Nous ne faisons que rendre un peu de ce qu'elle nous a donné en se consacrant entièrement à nous pendant tant d'années. Quoi que nous puissions faire pour elle, nous ne parviendrons pas à égaler son dévouement et sa générosité.

Les voisins

Tous les enfants étaient sous la surveillance constante des voisins qui, par tradition, se montraient indulgents envers les garçons, mais ne passaient rien aux filles.

Rien ne leur échappait, ni la fille qui quittait son domicile le matin pour ne rentrer que le soir, ni celle dont le ventre s'était soudain arrondi, ni celle qui rejoignait le lit d'un mari infidèle… Le bruit courait dans tout le quartier avant de s'étendre comme un feu de brousse à toute la Petite Terre.

Notre mère se souciait beaucoup du regard que les voisins pouvaient porter sur nous et le plus sûr moyen d'éviter les commérages était de nous empêcher de sortir, sauf pour aller faire quelques achats ou pour aller à l'école. Nous passions donc les week-ends chez nous, sans possibilité d'aller plus loin que les limites de notre terrain. Nous y étions habituées et je n'ai pas le souvenir que cette sévérité nous ait paru pesante ou injuste.

Sur le chemin de l'école ou du magasin, nous passions devant les « cocos », les femmes âgées qui s'assoient devant la porte de leur case dès le lever du soleil pour ne manquer aucun événement local. A chacune il fallait adresser un « Kwézi ! », le salut poli qui est une marque de respect pour les grandes personnes. Celui ou celle qui manquait à ce devoir se faisait vertement réprimander le soir en rentrant à la maison car la coco snobée allait sans tarder rapporter aux parents l'insolence de leur enfant.

Saluer poliment ne suffisait pas. Il fallait patiemment répondre aux sempiternelles questions sur la santé de chacun des membres de la famille, sans avoir l'air agacée. C'est ainsi qu'un trajet de quelques centaines de mètres pouvait durer de très longues minutes à cause des arrêts répétés imposés par les cocos.

Notre quartier n'avait rien de résidentiel. Il y avait bien quelques maisons en dur, mais la plupart des habitations étaient des cases en tôle assez semblables à la nôtre. Certains de nos voisins étaient mahorais et d'autres étaient, comme nous, anjouanais. La plupart du temps la cohabitation avec les mahorais se passait sans heurts, mais parfois, sans qu'on puisse savoir pourquoi, les insultes fusaient à notre passage. Comme le courage n'était pas à la hauteur de leur mesquinerie, ils faisaient mine de continuer leurs activités, sans nous regarder, mais nous savions bien que «les envahisseurs qui devaient retourner à Anjouan» c'était nous.

Notre mère n'était pas du genre à se laisser insulter et cela finissait souvent en confrontations où le ton montait très haut sans que, fort heureusement, aucune des deux parties n'en vienne aux mains.

Comme j'étais une guerrière, je me trouvais toujours aux côtés de ma mère, parfois même en première ligne, pour répondre aux insultes par quelques mots bien choisis dans ma langue maternelle. Haute comme trois pommes, mince comme une liane, je n'avais peur de rien, ni de personne. S'attaquer à notre mère c'était s'attaquer à moi, à nous tous, et s'il fallait un soldat pour sauver l'honneur de la famille, je répondais toujours présent.

Pourquoi s'en prenaient-ils à nous ? N'étions-nous pas logés à la même enseigne, dans les mêmes cases en tôle ? N'étaient-ils pas, comme nous, locataires ? Leur seul avantage était d'avoir la nationalité française que notre mère n'a toujours pas et que mes sœurs et moi n'avons obtenue qu'à l'adolescence.

Maman était la plus généreuse, la plus charitable des femmes, mais il ne fallait pas la « chercher » et elle ne manquait pas de leur faire remarquer que la vraie disgrâce pour des mahorais était de ne pas posséder leur propre maison, de vivre sur le terrain de quelqu'un et de ne pas avoir plus de confort que nous. Des arguments-chocs qui faisaient mal.

Avec les voisins anjouanais il était évidemment plus facile de s'entendre et la solidarité n'était pas un vain mot. Lorsqu'ils n'avaient rien à manger nous partagions volontiers avec eux le peu que nous avions. Parfois c'était nous qui n'avions rien et ils nous venaient en aide. Quelques œufs de nos poules, un peu de leur sucre, l'entraide était naturelle et bien nécessaire.

J'ai compris plus tard que l'égoïsme venait avec la richesse, mais je savais déjà que même si un jour je devenais riche je garderais toujours en moi le sens du partage, cette leçon qu'enseigne la misère.

Un peu plus loin, d'autres voisins habitaient dans des maisons en dur et leur train de vie n'avait rien à voir avec le nôtre. Les vacances scolaires étaient pour eux l'occasion de fêter les anniversaires et, lorsque nous passions devant chez eux dans l'après-midi qui précédait les réjouissances, nous pouvions les voir préparer l'abondante nourriture qui allait être servie aux invités.

Quand la fête commençait, nous entendions la musique et les cris de joie des jeunes de notre âge en train de danser, nous sentions les odeurs du poulet grillé au barbecue et ce serait mentir de dire que tout cela ne nous tentait pas, mais nous ne nous serions pas senties à l'aise parmi ces gens, si proches et pourtant si différents. De toute façon, il ne leur serait pas venu à l'idée de nous inviter. A Mayotte riches et pauvres ne se mélangent pas. A huit heures du soir, quand nous allions nous coucher, c'était sans tristesse, sans amertume, sans jalousie, juste avec un peu d'envie quand nous avions faim.

Notre mère savait détecter dans nos regards ce que nous ressentions et, dès que nos finances le permettaient, elle nous envoyait acheter des bananes vertes, du manioc et de la viande pour faire une petite fête entre nous.

Le charbon de bois étant au dessus de nos moyens, c'est sur un feu de coques de noix de coco que nous faisions cuire les brochettes taillées dans les morceaux de viande surgelée achetée l'après-midi à SODICASH. Avec le délicieux « poutou » maison c'était un régal ! Un repas sans piment n'a aucun goût !

C'était sans doute la rareté des ces moments qui les rendait si forts, si mémorables. Nos ventres étaient pleins et, surtout, nous étions ensemble. Rien ne pouvait être plus important.

La reine du mataba

Dans le quartier, les qualités de cuisinière de notre mère lui valaient l'admiration de tous. Ses achards et son poutou étaient réputés et aucun de nos voisins ne lui aurait contesté le titre de reine du mataba !

Le mataba est un plat typique de l'Océan Indien, à base de feuilles de manioc pilées et de lait de coco. Le manioc de notre jardin ne donnait pas de racines car le terrain ne s'y prêtait pas, mais il donnait des feuilles en abondance et, lorsque nos voisins voyaient notre mère les cueillir, ils savaient ce qui se préparait et l'eau leur venait à la bouche.

Comme notre cocotier donnait des fruits qui ne grandissaient jamais, maman s'arrangeait pour en trouver chez une amie. Nous l'aidions à fendre les noix en deux avec le dos du « chombo », le nom mahorais pour une machette, et à gratter la partie blanche sur une râpe artisanale. Maman pressait alors la pulpe dans ses mains pour obtenir le lait de coco qui entre dans la composition de nombreux plats traditionnels. La préparation du mataba pouvait commencer.

Dans un grand pilon, notre mère écrasait les feuilles de manioc avec de l'oignon, de l'ail, du sel et du piment jusqu'à ce que le mélange soit réduit à une pâte homogène qu'elle versait dans une énorme marmite. Elle ajoutait ensuite le lait de coco avant d'allumer le feu pour une cuisson qui durait plusieurs heures.

Tout le monde connaît cette recette et utilise les mêmes ingrédients, mais notre mère y ajoutait une touche secrète qui faisait de son mataba le meilleur du quartier et peut-être même de l'île.

Lorsque l'odeur se répandait dans le voisinage, nous savions ce qui allait se passer. L'une après l'autre, les petites voisines arrivaient avec un récipient dans les mains et saluaient respectueusement notre mère avant de lui demander un peu de mataba. Elle ne refusait jamais de partager ce qu'elle avait mis beaucoup de temps et d'énergie à préparer, quitte à s'en priver et à nous en priver !

Nos estomacs nous poussaient davantage à l'égoïsme et, lorsque maman nous demandait d'aller remplir la gamelle d'une petite voisine, nous en mettions le moins possible. Malheureusement, il fallait passer par le contrôle maternel et notre mère, qui connaissait nos combines, nous renvoyait à la marmite pour compléter le remplissage, ce que nous faisions en maugréant.

Quand le défilé des petites voisines prenait fin, il ne restait souvent plus beaucoup de mataba. La marmite que nous avions vue pleine et qui aurait pu nous nourrir une semaine ne contenait plus qu'un fond à peine suffisant pour un repas. Notre mère pensait que si les voisins venaient réclamer c'est qu'ils manquaient de ce que nous avions. Elle ne pouvait donc pas refuser.

A cette époque, nous vivions au jour le jour et la question de savoir ce que nous mangerions le lendemain ne se poserait que… le lendemain.

Se projeter dans l'avenir, même proche, n'est pas dans nos coutumes.

Parfois, une bonne odeur venait de chez les voisins, mais nous n'aimions pas aller quémander de la nourriture. Lorsque notre mère nous l'imposait, ma sœur et moi passions de longues minutes à parlementer, chacune essayant de convaincre l'autre d'y aller et, comme personne ne cédait, maman finissait par en désigner une.

Quand le sort tombait sur moi, si hardie en d'autres circonstances, j'y allais en tremblant. Ce n'était pas de la peur mais de la gêne. Je me disais que j'allais peut-être priver les petits voisins d'un repas et cette idée me mettait mal à l'aise. Plusieurs fois, après un discret demi-tour en chemin, je rentrais avec le récipient vide en prétextant qu'il ne restait plus rien ou qu'il n'y avait personne. C'est une excuse qui ne pouvait pas marcher à tous les coups et il fallait bien, de temps en temps, que j'arrive à vaincre ma timidité pour affronter les regards des voisins dans lesquels il me semblait lire des reproches. Et lorsqu'il m'arrivait de rapporter quelque chose, je n'en mangeais pas. J'étais si délicate que seule la nourriture préparée par notre mère franchissait le seuil de ma bouche.

Ce que nous redoutions par dessus tout c'étaient les visites impromptues des amies de maman. A Mayotte, les portes des maisons ne sont pas fermées dans la journée et celle de notre terrain restait toujours ouverte.

Après le traditionnel « Hodi ! » auquel maman répondait « Karibou ! », la dame entrait et nous savions que les bavardages allaient durer jusqu'au soir.

Par respect pour les adultes, mais aussi à cause de notre timidité naturelle, nous quittions la pièce, laissant notre mère seule avec son amie. A l'heure du repas, lorsque maman nous appelait, nous prétendions ne pas avoir faim alors que nos estomacs criaient famine. Ce n'est que lorsque l'amie se décidait enfin à partir que nous foncions voir s'il restait quelque chose dans la marmite. Nous étions parfois bien déçues.

Lorsque notre mère était à son travail et que nous voulions garder pour nous le mataba, nous fermions le portail du jardin. Cela ne suffisait pas à décourager les plus audacieuses. Pendant un moment nous faisions semblant de ne pas entendre les « Hodi », mais, comme la dame insistait, nous prenions soin de cacher la marmite avant d'aller ouvrir le portail. A notre grand désespoir, l'amie s'incrustait jusqu'au retour de notre mère.

Maman rentrait souvent tard du travail. Nous n'étions jamais inquiètes parce que nous en connaissions les raisons. En chemin, elle rencontrait presque toujours des amies avec lesquelles le temps semblait s'arrêter. Les langues s'activaient pour parler de la pluie et du beau temps ou raconter les derniers petits potins du coin. Tout se sait sur notre petite île.

Quand elle arrivait enfin, le mataba était sauvé, mais l'attente avait été trop longue et nous n'avions plus faim.

Tante volage

Histoire d'une déchéance

Notre mère avait plusieurs sœurs qui, sitôt après leur traversée en kwasa-kwasa, venaient passer quelques jours chez nous avant de voler de leurs propres ailes, avec plus ou moins de réussite, mais sans jamais penser retourner à Anjouan.

De toutes celles qui sont passées par la maison, il en est une qui est restée dans ma mémoire et dans celle de beaucoup de gens.

Grande de taille et bien faite, elle avait la peau claire et les cheveux bouclés. C'était une très belle femme qui ne tarda pas à attirer les regards des hommes. Il ne lui fallut pas beaucoup de temps pour se mettre en ménage avec un homme et, de cette union, naquirent deux filles.

L'histoire pourrait s'arrêter là si notre tante avait décidé de vivre une vie tranquille avec son mari et ses enfants, mais ce n'était pas dans son tempérament. Les fréquentes disputes qui commençaient au domicile conjugal se poursuivaient dans la rue, si violentes que les filles venaient se réfugier chez nous pour éviter le triste spectacle de leurs parents prêts à en venir aux mains. Un jour, le père en eut assez et il partit vivre à la Réunion avec ses filles.

Privée de ressources, n'ayant plus les moyens de payer le loyer de sa petite maison, notre tante succomba à toutes les tentations qui se présentaient et dont elle tirait avantage.

Lorsque nous allions chez elle, nous étions émerveillées par les beaux salouvas, les parfums et les crèmes de beauté. Il n'y avait rien de tout ça chez nous. C'est chez elle que j'ai découvert, dans sa boîte ronde et bleue, la crème Nivéa que j'adorais sentir et dont le parfum me revient en mémoire lorsque je ferme les yeux.

Les femmes mahoraises préparent un masque de beauté en frottant du bois de santal sur une pierre de corail. En ajoutant un peu d'eau, elles obtiennent une pâte de couleur beige qu'elles étalent sur leur visage. Ce masque que l'on appelle « msindzano » est censé protéger la peau du soleil, mais il a surtout une fonction esthétique et c'est bien pour renforcer sa beauté naturelle que notre tante ne sortait jamais sans lui. Avec ses grandes boucles d'oreilles créoles et son rouge à lèvres, elle attirait les hommes comme un miroir attire les alouettes et, quand elle jugeait que les rues de Petite Terre n'étaient pas un terrain de chasse suffisant, elle prenait la barge et passait la soirée dans une boîte de nuit bien connue de Kawéni. Elle ne rentrait jamais bredouille de ses virées nocturnes.

Notre tante aimait les hommes et le confort qu'ils pouvaient lui apporter. Comme elle était allergique au travail, elle acceptait volontiers les contributions en espèces et les petits cadeaux que ses amants voulaient bien lui faire.

Les premières difficultés financières survinrent lorsqu'elle tomba enceinte de son troisième enfant. Ses amants se détournèrent d'elle tout le temps de sa grossesse, ne voyant pas l'intérêt d'apporter leur obole s'ils ne pouvaient bénéficier des contreparties habituelles.

Elle avait des frères à Mayotte, mais ils n'approuvaient pas son genre de vie et c'est pourquoi, quand arrivaient les problèmes, c'est auprès de notre mère qu'elle venait chercher du soutien. Soutien moral et aussi financier car, malgré ses faibles moyens, notre mère réglait souvent les factures d'eau, d'électricité et même le loyer lorsque le propriétaire, agacé de plusieurs mois d'impayés, barricadait la porte de la petite maison qu'il louait à notre tante.

« Qui est le père de cet enfant ? » demanda un jour notre mère.

Notre tante n'en était pas sûre. Toutefois, elle cita un nom et notre mère lui dit que, sitôt après l'accouchement, elles iraient voir cet homme.

C'est une petite fille, un bébé magnifique aux cheveux bouclés, clair de peau comme sa mère, que les deux femmes présentèrent au présumé père. Le résultat ne fut pas celui qu'elles attendaient. En effet, les informations circulent vite sur un territoire aussi petit que la Petite Terre et le mode de vie de notre tante n'avait pas tardé à en faire le tour.

La confrontation fut de courte durée. Juste le temps qu'il fallait à l'homme pour rappeler à notre tante que bien des hommes pourraient être le père de cet enfant et la porte se referma sur les deux femmes qui n'eurent d'autre choix que de retourner à la maison avec le bébé.

Notre tante n'avait ni la volonté ni la capacité de s'occuper de sa fille et nos faibles moyens ne nous permettaient pas de l'accueillir chez nous. C'est pourquoi, lorsque notre mère dut aller à Anjouan pour régler des problèmes de papiers, sa sœur lui demanda de prendre le bébé avec elle et de le laisser à sa famille sur l'île voisine.

Des années plus tard, la fille qui était devenue une adolescente revint à Mayotte avec la ferme intention de connaître la vérité sur son père. Notre mère la conduisit chez l'homme qui avait nié toute paternité et, malgré la ressemblance évidente, il refusa de s'occuper d'elle.

Ainsi sont souvent les hommes sous nos latitudes, aussi rapides pour séduire que pour fuir leurs responsabilités.

De nouveau sans enfants, notre tante profita pleinement de sa liberté retrouvée jusqu'à une nouvelle grossesse et la naissance de son premier garçon.

Cette fois, le père était un homme célibataire et notre mère espérait que sa sœur allait enfin pouvoir se caser, mener une vie tranquille. Le nouveau père accepta de reconnaître l'enfant qui était son portrait craché, mais il refusa de vivre avec une femme dont la réputation était connue de tous. Toutefois, si l'amant délaissa notre tante, le père ne se déroba pas à ses devoirs et donna chaque mois de l'argent pour l'entretien de son fils.

Lorsqu'il rencontra une autre femme et l'épousa, notre tante s'estima trahie et alla se poster devant la maison du couple pour injurier celle qui lui avait « pris son homme ». Le silence des occupants la rendit folle de rage, au point d'oublier le peu d'instinct maternel qui lui restait. Elle déposa le bébé devant la porte fermée et rentra chez elle.

Par le plus grand des hasards, notre père passait par là quand il aperçut l'enfant qui marchait à quatre pattes et se rapprochait dangereusement de la route. Il le prit dans sa voiture et le ramena chez nous.

Notre tante paya le prix fort pour ce geste. Le père décida de se consacrer entièrement à son nouveau couple et au garçon dont sa femme venait d'accoucher, délaissant complètement celui qu'il avait eu avec notre tante.

Privée de ressources, estimant qu'elle n'avait aucun avenir en Petite Terre, elle alla s'installer sur les hauteurs de Kawéni.

Pour ceux qui connaissent Mayotte, cette partie de la Grande Terre évoque immédiatement le plus grand bidonville de l'île, celui où se retrouvent les sans-papiers, les sans-ressources.

Un jour, après avoir fait les achats au bazari en prévision de la rentrée scolaire, notre mère décida d'aller voir sa sœur. Elle n'avait pas oublié son manque de sérieux chez les employeurs mahorais, son comportement de mère indigne et sa réputation de femme légère, mais cela ne l'empêchait pas de se faire du souci pour elle. La suite lui prouva qu'elle avait de bonnes raisons d'être inquiète.

Je me souviens de la chaleur intense ce jour-là, de la longue marche sous le soleil et de la pénible montée par les ruelles étroites du bidonville. Se repérer n'était pas chose facile dans cet imbroglio de constructions de fortune. En chemin, nous interrogions les gens que nous rencontrions, mais personne ne semblait connaître notre tante par son nom et c'est en la décrivant que nous avons finalement réussi à obtenir assez d'informations pour trouver sa case.

Quand notre mère vit dans quelles conditions vivait sa sœur elle se mit à pleurer. C'était une case dépourvue de tout confort, sans eau et sans électricité, si mal implantée sur le flanc de la colline qu'on pouvait craindre qu'elle dévale la pente lorsque viendraient les fortes pluies tropicales.

Plus de beaux salouvas, plus de parfums, plus de crème Nivéa. Notre tante vivait désormais dans le dénuement le plus complet.

Notre mère a toujours été bien mal récompensée de sa bienveillance et de sa générosité, mais cela ne l'a jamais empêchée de compatir aux souffrances de ses sœurs et de les aider en dépit de ses faibles moyens. Voyant son neveu d'à peine trois ans vivre dans des conditions insalubres, elle décida sans hésiter une seconde de le prendre à la maison. Notre tante ne s'y opposa pas. Etait-elle soucieuse du bien-être de son enfant ou bien pensait-elle à retrouver sa liberté ? Sans doute un peu des deux.

Et c'est ainsi que ce très jeune cousin entra dans notre famille, accueilli par notre mère comme si c'était son enfant. Ma sœur et moi étions ravies de nous occuper de ce petit enfant tombé du ciel, ou plutôt des hauteurs de Kawéni.

Nos maigres finances, gérées de façon stricte par ma grande sœur, n'étaient même pas suffisantes pour nous assurer un repas quotidien et l'arrivée de cet enfant n'allait pas arranger nos affaires ! Heureusement, notre mère avait informé le père de la présence de son fils chez nous et, lorsqu'il venait le voir, il n'arrivait jamais les mains vides. Il y avait toujours un peu d'argent et de la nourriture.

Quand il cessa, du jour au lendemain, de passer à la maison notre mère s'en étonna et décida d'aller le voir en Grande Terre pour en connaître les raisons. Elle apprit alors qu'il n'avait jamais cessé de donner de l'argent, mais qu'il le remettait en mains propres à notre tante, chaque début de mois, lorsqu'elle venait se planter devant son lieu de travail, menaçant de faire un scandale s'il ne payait pas tout de suite. Cet argent, la tante le gardait pour elle et nous n'en avons jamais vu la couleur. Le père déclara que ce n'était pas son affaire et il conseilla à notre mère de régler le problème avec sa sœur. Sachant que c'était peine perdue elle n'essaya même pas d'aller la voir pour aborder l'épineux sujet.

Lorsqu'il n'y avait pas assez d'argent pour nourrir toutes les bouches de la maison, notre mère privilégiait le petit cousin car, disait-elle, il était celui qui avait le plus besoin de manger pour grandir. S'il ne restait qu'un euro, c'était pour lui acheter un goûter et mes sœurs et moi partions à l'école le ventre vide. Nous aimions beaucoup ce petit garçon, notre petit frère de cœur, et c'est un choix que nous approuvions. Passer une journée sans manger, nous en avions l'habitude. Les premières fois c'est difficile puis, peu à peu, le corps s'habitue.

Les terribles conditions de vie de notre tante avaient altéré sa beauté au point qu'elle ne pouvait plus espérer séduire des hommes jeunes. Pour autant, elle n'avait pas renoncé à plaire, mais son nouveau compagnon, dont elle tomba enceinte, était beaucoup plus âgé qu'elle. Apprenant qu'il allait être père, il la sortit du bidonville et l'installa dans une maison en dur à Dzoumogné, la commune du nord de la Grande Terre où il habitait.

Notre tante n'avait pas totalement abandonné son fils. Elle l'accueillait pendant les vacances scolaires, puis il revenait chez nous afin de reprendre le chemin de l'école où notre mère l'avait inscrit. Il arrivait aussi qu'elle débarque à l'improviste, au grand désespoir de notre mère car c'était une bouche de plus à nourrir et une personne de plus à loger dans notre petite case, pendant parfois une semaine.

Si notre mère n'était pas enchantée de voir sa sœur, mes sœurs et moi étions ravies de voir notre tante parce qu'elle arrivait toujours les bras chargés de légumes et de fruits qui nous changeaient du riz quotidien. Ce n'étaient pas des fruits et des légumes achetés au marché, mais la production d'un agriculteur du nord de la Grande Terre dont elle avait fait son nouvel amant.

Chassez le naturel, il revient au galop ! Une personne sensée se serait assagie, aurait tout fait pour ne pas mettre en péril la nouvelle vie qui lui était offerte. Au lieu de cela, ayant retrouvé un physique agréable grâce à la générosité de son bienfaiteur, elle s'était remise en chasse et avait jeté son dévolu sur cet agriculteur qui planta bientôt la graine d'une nouvelle petite cousine.

En réalité, cet homme ne possédait pas de terres, il n'était qu'ouvrier agricole et donc bien incapable d'apporter à notre tante le même confort matériel que le généreux compagnon qui, constatant son infortune, cessa immédiatement de payer le loyer de la belle case en dur. La tante se retrouva du jour au lendemain dans une petite case en tôle, à peine moins misérable que celle de Kawéni.

Notre mère allait parfois la voir et, pas rancunière, lui donnait un peu d'argent. Croyez-vous qu'elle eut en retour des marques de reconnaissance ? Ce fut tout le contraire et un événement amena les deux sœurs à se fâcher au point de ne plus jamais se reparler.

Lorsque le premier « mari » de notre tante mourut à la Réunion, la grand-mère de nos cousines estima qu'il revenait à leur mère de s'en occuper. C'est ainsi qu'un beau matin les deux adolescentes débarquèrent chez nous. Notre mère convoqua aussitôt sa sœur pour lui proposer un marché : si elle reprenait son fils, elle garderait les filles. Mais la tante ne l'entendait pas de cette oreille. Soucieuse de préserver sa liberté et dépourvue de tout instinct maternel elle ne voulait prendre aucun de ses enfants.

Très vite, la discussion s'envenima.

Quand maman entendit notre tante lui reprocher de n'avoir jamais rien fait pour l'aider elle renonça aussitôt au marché qu'elle venait de lui proposer et lui demanda de reprendre ses trois enfants. Le ton monta si haut que des voisins témoins de la scène jugèrent utile d'aller chercher de l'aide.

C'est alors que, devant les yeux médusés de ses filles fraîchement arrivées de la Réunion, notre tante se saisit d'un bâton et d'une pelle et menaça de frapper tout le monde. Son frère, appelé en renfort, évita de peu un coup qui l'aurait assommé et prit aussitôt la poudre d'escampette. Les voisins, insultés à leur tour, rentrèrent chez eux en nous laissant seules avec cette furie.

Depuis ce jour, les deux sœurs ne se sont plus parlé et notre mère nous a raconté qu'elle avait un jour croisé par hasard une personne bien différente de celle qui avait débarqué à Mayotte vingt ans plus tôt.

Usée par huit grossesses et par la misère, n'ayant presque plus de dents dans la bouche, la femme belle et élégante qui attirait jadis les regards n'était plus que l'ombre d'elle-même.

Soucoupes volantes

Et autres objets volants bien identifiés

A Mayotte, peut-être plus que dans d'autres coins du monde, d'étranges objets parcourent l'espace. Inutile de lever les yeux au ciel pour les voir car leur vol ne sort généralement pas de la case et, pour les observer, nul besoin d'instruments sophistiqués.

C'est après le départ de notre père que ces phénomènes apparurent chez nous. Il suffisait d'énerver notre mère pour que les objets se mettent à voler et, comme j'étais la plus rebelle, la moins obéissante de la famille, je me trouvais souvent sur leur trajectoire.

Les assiettes ne volaient pas car c'étaient des objets fragiles qu'il aurait fallu remplacer et nous n'avions pas l'argent pour ça. En dehors de cela, tout ce que notre mère avait sous la main faisait l'affaire. Sous la main ou aux pieds car les chaussures semblaient être ses projectiles préférés. Je ne saurais dire combien de chaussures m'ont frôlée dans mon enfance ! J'avais fini par acquérir une telle souplesse que rares étaient celles qui atteignaient leur cible.

Manquer sa cible avait pour résultat de rendre maman encore plus enragée mais, n'ayant que deux pieds, elle se trouvait rapidement à court de munitions et je n'avais plus qu'à espérer que ses occupations du moment l'empêchent de se déplacer jusqu'à moi car je n'avais pas la même capacité à éviter les gifles. J'ai appris bien plus tard qu'un président américain avait, lui aussi, évité des chaussures lancées avec force. Il n'avait pourtant pas de mère anjouanaise !

Il ne faut pas croire que lorsque ma mère était pieds nus j'étais à l'abri d'un lancer rageur ! J'ai vu arriver vers moi des chaussettes, des fruits et même des bouteilles, fort heureusement en plastique. Avec le recul, je reconnais avoir tout fait pour mériter d'être une cible de choix. Contrairement à ma sœur aînée et à ma jeune tante, je rechignais toujours à faire ce que ma mère me demandait et, au lieu de me taire quand elle me faisait une remarque, je répondais. L'insolence n'est pas admise à Mayotte, mais j'étais une rebelle qui ne redoutait pas les conséquences de ses actes.

L'objet volant le plus redoutable était la marmite en tôle émaillée. Par chance, ou peut-être à cause de son poids, la traditionnelle marmite en aluminium ne volait jamais. En fait, même au plus fort de sa colère, notre mère ne pensait jamais à nous faire mal. Malgré tout, la taille de l'objet et les potentiels dégâts qu'il pouvait causer me faisaient frémir et je redoublais de souplesse pour l'éviter. Lorsque la marmite de tôle allait se fracasser contre le mur derrière moi elle ne s'en sortait pas indemne. En la voyant cabossée, la rage de ma mère décuplait et la fuite était alors la meilleure solution. Ce n'était pas toujours possible.

Le week-end, jour de grande lessive, les tâches étaient réparties équitablement. Nous lavions notre petit linge personnel dans des bassines et notre mère allait laver les draps dans le petit cabanon qui nous servait à la fois de toilettes et de douche.

Comme il n'y avait pas l'eau courante dans ce local il fallait faire courir un long tuyau depuis le robinet qui se trouvait à l'extérieur de la case. Celle des filles qui avait été désignée pour ouvrir et fermer le robinet devait être très attentive. Un moment de distraction ou un bruit gênant la réception de l'ordre maternel et c'était la sanction assurée. Sommée de se présenter au local des toilettes, la coupable voyait arriver vers elle un linge mouillé lancé avec force et adresse.

Les jets de projectiles étaient toujours accompagnés de propos sévères où notre père tenait le premier rôle. Tous les malheurs du monde s'étaient abattus sur notre mère après son départ et tout était prétexte à le maudire. Cette façon d'accuser le père de tous les maux n'était pas spécifique à notre famille. Comme nos géniteurs sont souvent absents, parce que trop présents ailleurs, on peut entendre un peu partout les mêmes malédictions et les mêmes reproches. La rage d'une mère délaissée se reporte sur les enfants désobéissants et c'est, à travers eux, le mari qui prend les coups. Le comprendre est une bien maigre consolation car cela ne transforme pas les coups en caresses, surtout lorsque la main maternelle tient un cordon électrique ou un bâton.

Tout est prétexte à invoquer le mari et père en des termes peu aimables. Vous ne finissez pas votre repas ? « Ce n'est pas ton imbécile de père qui a payé ce que tu manges, alors tu finis ! ». Vous faites couler l'eau trop longtemps ? « Ce n'est pas ton abruti de père qui paie les factures, alors tu arrêtes de gaspiller l'eau ! »

Du matin au soir, notre père était présent, sinon en personne du moins dans les insultes de notre mère. Souvent, il était un « chien » ou un « porc », des comparaisons qui ont, dans un pays musulman, plus de force qu'ailleurs. Et lorsqu'une maman souhaitait que son mari infidèle aille « pourrir en enfer », c'était sans doute pour qu'il n'aille pas retrouver les vierges promises au paradis. Les infidélités terrestres étaient déjà de trop.

J'ai appris en France une expression. On dit que lorsqu'on parle de quelqu'un en son absence ses oreilles sifflent. Si c'est le cas, beaucoup de pères comoriens et mahorais doivent avoir des acouphènes !

« Si je n'avais pas croisé son chemin, je n'en serais pas là aujourd'hui ! » répétait-elle souvent. Comment lui donner tort ? Du jour au lendemain elle avait dû aller faire des ménages chez les gens tout en s'occupant de nous. Et lorsqu'elle rentrait le soir, épuisée, elle maudissait notre père, le rendant responsable de la dure journée qu'elle venait de passer. La meilleure chose à faire était de l'écouter en silence car, à la moindre remarque, sa rage se reportait sur nous. Alors nous attendions que l'orage passe et, quand elle rejoignait sa chambre sitôt après le repas du soir, à travers les minces cloisons nous l'entendions pleurer avant que le sommeil lui apporte enfin l'apaisement.

Il arrive aussi que les maris infidèles soient la cible des objets volants. Ainsi, un jour où notre père s'était avisé de venir nous voir à la maison, notre mère profita d'avoir sous la main le responsable de tous ses malheurs pour déverser sur lui l'intégralité des « douceurs » qu'il lui inspirait et dont nous étions habituellement les seules bénéficiaires.

Notre père étant d'un naturel calme, il encaissa les insultes sans broncher ce qui eut pour effet de redoubler la colère de notre mère. Elle aurait sans doute aimé qu'il réagisse, peut-être violemment, pour avoir un vrai motif de plainte, mais ce ne fut pas le cas. Lorsqu'il s'éloigna, quittant notre case pour ne plus jamais revenir, il fut accompagné d'un vol d'objets divers qui ne l'atteignirent pas mais que les voisins purent observer en plein jour.

Si, un jour, vous entendez parler de soucoupes volantes à Mayotte, vous saurez de quoi il s'agit.

Les voulés aux Badamiers

Il existe à Mayotte une tradition que l'on retrouve sur beaucoup d'autres îles. Le dimanche, les gens aiment se retrouver sur une plage pour un « voulé ». La différence avec un pique-nique tient sans doute à ce qu'on y mange parce que, pour le reste, la musique et la baignade, cela doit être partout pareil.

Notre père en était déjà à sa troisième concubine quand il prit l'habitude de venir nous chercher, mes sœurs et moi, pour un voulé aux Badamiers. C'est un événement que nous attendions impatiemment chaque mois car notre mère, soucieuse de nous protéger, ne nous autorisait aucune autre sortie.

Les Badamiers sont une plage, au nord de la Petite Terre, très fréquentée par les mahorais et beaucoup moins par les m'zoungous qui préfèrent Moya, beaucoup plus belle et plus tranquille. Il faut dire que juste à côté de la plage des Badamiers se trouve la centrale électrique au fuel qui, à l'époque, alimentait les deux îles. Il fallait marcher sur une bonne distance pour s'en éloigner et ne pas être incommodé par le bruit et l'odeur.

Notre père avait une vieille Peugeot qu'il garait chaque matin sur le parking proche de l'embarcadère avant de prendre la barge pour rejoindre son travail sur l'île principale. Le soir, il remontait dans la voiture pour retrouver sa nouvelle famille. Deux kilomètres le matin, deux kilomètres le soir… Pas de quoi user la mécanique et c'était préférable car elle était déjà à bout de souffle.

Une fois par mois, la vieille 205 puisait dans ses dernières forces pour conduire aux Badamiers tous les participants au voulé et transporter le matériel nécessaire. Notre père devait faire plusieurs allers-retours et nous étions, mes sœurs et moi, les passagères d'un des derniers voyages. Princesses d'un jour dans leur carrosse, nous n'aurions pas échangé le voulé contre un bal dans un palais royal !

Nous avions mis nos maillots de bain à la maison pour ne pas avoir à les enfiler à la plage car, même si nous n'avions pas encore grand-chose à cacher, nous étions très pudiques.

En arrivant, nous trouvions des femmes qui s'affairaient à préparer les mabawas qui allaient bientôt griller sur le feu que notre père avait allumé avant de venir nous chercher.

Dans de grandes bassines, elles faisaient mariner les ailes de poulet dans un mélange d'huile, d'oignons et d'ail réduits à l'état de pâte. Un peu plus loin, le piment écrasé sur une pierre allait devenir, après l'ajout de sel et de jus de citron, l'indispensable poutou, le piment sans lequel la plus exquise des nourritures n'a aucun goût ! Enfin, les bananes vertes et le manioc étaient épluchés et coupés avant d'être plongés dans un grand bain d'huile bouillante. Parfois, de beaux morceaux de poissons achetés la veille aux pêcheurs du Four-à-Chaux complétaient le repas, si bien que nous rentrions le soir le ventre plein, comme si nous avions eu le souci de faire des réserves pour tenir jusqu'au prochain voulé.

Notre jeune âge nous dispensait des préparatifs et nous allions directement faire les folles dans l'eau. Folles au point de rire à gorges déployées quand les dames venaient laver les ailes de poulet dans la mer, à quelques mètres de l'endroit où nous avions discrètement fait nos petits besoins. Ce n'était pas ce qui allait nous couper l'appétit, mais cela aurait sûrement coupé le leur si elles l'avaient su !

Les adultes étaient trop occupés pour nous surveiller et je pense que c'est un miracle que nous soyons encore en vie car aucune d'entre nous ne savait nager. Est-ce qu'ils auraient accouru pour nous sauver si nous avions appelé à l'aide ? Je n'en suis pas certaine. D'abord parce que nous étions si heureuses de batifoler dans l'eau que nous ne cessions de crier et, surtout, parce que notre père installait toujours un petit lecteur de cassettes avec deux haut parleurs qui diffusaient à tue-tête des musiques comoriennes.

Sur la plage, d'autres groupes faisaient de même et personne ne semblait dérangé par cette cacophonie, pas plus que par la fumée épaisse et grasse qui se dégageait des mabawas en train de griller sur les nombreux feux alentour.

Notre mère ne venait jamais aux voulés des Badamiers et nous en connaissions la raison. Elle n'avait nulle envie de rencontrer sa rivale du moment. Nous étions jeunes mais pas naïves et nous repérions très vite la dame, souvent différente à chaque voulé, qui tournait autour de notre père et se montrait, sans éprouver la moindre gêne, d'une grande proximité avec lui.

Est-ce que nous éprouvions un pincement au cœur ? Sans doute, mais il y avait bien d'autres occasions de ressentir tristement la séparation de nos parents et nous voulions profiter au maximum de ces rares sorties et de cette abondance de nourriture.

Le douka de notre père

Si nous ne manquions de rien quand notre père était encore à la maison, c'est qu'il avait un emploi fixe comme magasinier à la SOMACO, Société Mahoraise de Commerce, une chaîne de petites superettes que l'on ne trouve qu'à Mayotte et dont les propriétaires sont indiens.

Pour compléter ses revenus, il eut un jour l'idée d'ouvrir à son tour un petit commerce de proximité en Grande Terre. On appelle ces petites boutiques où l'on trouve les produits de première nécessité des doukas. Donc, avec ses économies et l'apport d'un frère de notre mère, notre père ouvrit son douka.

Pendant quelques mois, après son départ de la maison, il nous versa sa contribution de cent euros, puis les versements se firent moins réguliers et, finalement, ne se firent plus du tout. Notre mère eut une nouvelle bonne raison de le maudire et de le traiter à distance de tous les noms d'oiseaux.

La situation n'était pas tenable. Il fallait le contraindre à verser sa part pour l'entretien de ses enfants et, n'ayant pas les moyens de s'offrir les services d'un avocat, notre mère décida d'engager ses filles !

« Vous allez prendre la barge pour aller voir votre père dans la boutique et lui réclamer ce qu'il nous doit ! »

J'avais douze ans, ma sœur quatorze, et nous étions promues huissiers de justice par décret maternel.

C'est ainsi qu'environ tous les deux mois, le mercredi après-midi, nous marchions jusqu'au quai Issoufali pour prendre la barge. Pas question de dépenser de précieux euros pour y aller en taxi car le moindre centime comptait. Arrivées à Mamoudzou, après la courte traversée, il nous fallait gravir le grand escalier qui conduit à la partie haute de la ville, passer devant la mairie, remonter la rue du commerce avec ses magasins chics et, une fois arrivées à hauteur du magasin « 100 000 chaussures », prendre une petite ruelle à gauche pour trouver, au bout de quelques mètres, le douka de notre père.

C'était une boutique minuscule et assez sombre, pas différente de celles que l'on rencontre un peu partout à Mayotte. Sur des étagères de bois, les mêmes paquets de farine, les mêmes boîtes de sardines et autres produits du quotidien pour les familles qui n'ont pas les moyens d'aller faire leurs courses au Jumbo Score de Majicavo.

Lorsque nous arrivions, ce n'est pas notre père que nous trouvions car il était encore à son travail à la SOMACO. Derrière le comptoir, un de ses neveux nous accueillait froidement. Il savait pourquoi nous étions là et affichait sa solidarité avec son oncle. Il y avait aussi une dame qui ne nous adressait pas la parole et qui n'était visiblement pas une cliente puisqu'elle restait là aussi longtemps que nous. Elle semblait chez elle dans la boutique. Comme nous la trouvions à chacune de nos visites, nous avons vite compris qu'il s'agissait d'une nouvelle conquête.

Lorsque notre père arrivait enfin, il n'était jamais très content de nous voir. Parfois il acceptait de nous donner les cent euros qu'il s'était engagé à nous octroyer chaque mois, mais parfois, prétextant des difficultés, des affaires qui marchaient mal, il se contentait de mettre dans un sac un peu de sucre et quelques boîtes de conserve avant de nous renvoyer chez nous.

Quelle que soit sa contribution du jour il y ajoutait quelques euros pour que nous puissions prendre la barge et le taxi collectif jusqu'à la maison. L'argent de la barge, il fallait bien l'utiliser puisque c'était le seul moyen de passer de la Grande Terre à la Petite Terre, mais l'argent du taxi nous le gardions pour acheter du pétrole. C'est donc à pied, sur le long boulevard des Crabes, que nous faisions les trajets aller et retour.

Lorsque nous arrivions à Dzaoudzi avec cent euros en poche, la certitude d'avoir à manger pendant plusieurs jours nous donnait le sourire et le chemin du retour nous paraissait court. En revanche, lorsque le butin que nous rapportions se limitait à quelques produits dans un sac, notre mère était furieuse et passait sa colère sur nous tout en maudissant le responsable de nos malheurs.

Puis, un jour, la situation financière du petit commerce devint si mauvaise que notre père dut se résoudre à le fermer. C'était très surprenant car les doukas attirent une clientèle qui n'a pas beaucoup d'argent et préfère le petit commerce de proximité au supermarché où il faut se rendre en taxi. Ils vivotent souvent mais ne meurent pas.

Comment un douka aussi bien placé que le sien avait-il pu faire de mauvaises affaires ?

En fait, il y avait deux raisons à l'origine de cette faillite. La première était la coupable habitude qu'avait le neveu de piquer dans la caisse. La seconde était l'incapacité de notre père à mener de front le réassortiment des rayons de la boutique et celui de ses conquêtes. Au moment de décider de ce qui était prioritaire c'est toujours le douka qui perdait.

Le bazari

Il y a quelques années, avant qu'une vilaine construction vienne en partie le remplacer, il existait, près du débarcadère de Mamoudzou, un grand marché de plein air où l'on pouvait acheter fruits et légumes, bien sûr, mais pas seulement. En fait, on trouvait là un peu tout et n'importe quoi dans des boutiques de planches et de tôle.

Nos visites au « bazari » n'étaient pas fréquentes. En vérité, nous n'y allions que deux fois par an, une fois pour l'aïd et une autre fois avant la rentrée des classes, pour acheter des vêtements ou des objets de première nécessité introuvables en Petite Terre ou à un prix supérieur. Les boutiques chics de la rue du commerce et les habits à la mode, c'était pour les m'zoungous et pour les mahorais aisés, pas pour nous. Le shopping n'était ni dans nos moyens ni dans nos rêves.

Donc, deux fois par an, nous quittions notre case bien avant le lever du soleil afin d'éviter les fortes chaleurs car, pour ne pas avoir à payer le taxi collectif, nous faisions à pied les deux kilomètres qui séparent Labattoir du quai Issoufali d'où part la barge.

Lorsque nous arrivions à Mamoudzou, le bazari était tout proche, mais c'était comme passer en un instant dans un autre monde. A la lumière intense du soleil succédait l'ombre des allées étroites entre les boutiques, simples bangas de planches et de tôles collés les uns aux autres. Il fallait se frayer un chemin au milieu des bouénis, souvent corpulentes, pour atteindre les boutiques de vêtements pour enfants. Pas question de perdre son temps à flâner et nos regards ne s'attardaient pas sur les objets multicolores dont nous n'avions pas l'usage.

Chez nous, jamais de superflu. Le peu d'argent dont nous disposions était pour l'essentiel et, même pour l'essentiel, il fallait souvent faire des choix difficiles. La lessive ou le pétrole pour le réchaud, c'était l'un ou l'autre, selon l'urgence du moment. Alors, pour les vêtements, il n'était pas question d'acheter autre chose que le strict nécessaire.

Notre mère n'était pas plus à l'aise que nous au milieu de cette foule, mais elle savait rejoindre rapidement l'endroit où se trouvaient les habits que nous allions porter pendant toute une année.

Les robes, les pantalons et les chemisiers étaient des vêtements neufs. C'était le seul luxe que notre mère pouvait offrir à ses filles. En revanche, à cause du prix exorbitant des soutien-gorge neufs, nos poitrines naissantes devaient se contenter d'articles d'occasion extirpés des tas de fripes posées à même le sol sur de vagues bâches de plastique. Faute de connaître les tailles qui nous convenaient, c'est au jugé que nous choisissions.

Porter des sous-vêtements d'occasion ne nous a jamais gênées et peu importait la couleur pour un vêtement que personne ne verrait. Ce qui nous gênait c'était notre poitrine qui poussait et tous ces changements dans nos corps qui nous éloignaient irrémédiablement du monde de l'enfance.

Les rares visites au bazari nous changeaient du quotidien, mais elles n'étaient pas véritablement une fête. Cette profusion de couleurs, d'odeurs et de bruits, cette foule bruyante et gesticulante nous faisaient tourner la tête et il nous tardait de retrouver le calme de la Petite Terre. Nous étions vite épuisées. Notre mère en était bien consciente et c'est pourquoi, avant d'entreprendre le chemin en sens inverse, elle nous accordait le petit réconfort que nous attendions.

On trouvait, sur le marché, un vendeur de tchembo, boisson traditionnelle à base de sève de palmier, à la fois énergétique et rafraîchissante. Nos gosiers secs attendaient ce moment avec impatience et nos yeux s'écarquillaient lorsque le vendeur sortait de sa glacière les bouteilles embuées, pleines du délicieux liquide.

Quand j'appris plus tard que cette boisson était connue ailleurs sous le nom de vin de palme, je compris l'étrange étourdissement qui nous gagnait après l'avoir bue. Il est dit dans le Coran qu'au paradis il y aura « des ruisseaux d'un vin délicieux à boire ». Avec le tchembo nous avions un avant-goût du paradis.

Quittant les allées sombres pour rejoindre la barge, nous repassions au milieu des vendeuses de fruits et légumes avec leurs étals à ciel ouvert et, s'il restait un peu d'argent, notre mère achetait ce qui allait être notre repas en rentrant. Vers treize heures, les bras chargés, nous reprenions la barge et, cette fois, c'est en taxi que nous rentrions chez nous.

Marcher en pleine chaleur, même « boostées » par le tchembo, aurait été au dessus de nos forces.

L'école coranique

Vous le savez sans doute, Mayotte est une île musulmane et, comme dans tout pays musulman, l'enseignement du Coran se fait dès le plus jeune âge. On n'y échappe pas.

Notre foundi était une femme sévère et exigeante pour qui réciter sans se tromper les sourates du Coran ne suffisait pas. Il fallait aussi faire son ménage, préparer les repas, laver son linge et accepter de faire tout ça sans broncher. Se plaindre était impensable. Ni la foundi ni les parents ne l'auraient toléré. Obéir en toutes circonstances, sous peine de représailles, voilà ce qui nous attendait chaque matin avant de rejoindre l'école publique.

Il faut savoir que les foundis ont une façon très convaincante d'enseigner le Coran. Baguette en main, gare à celui ou celle qui écorche un mot du livre sacré ! C'est un de ces coups de baguette qui avait atteint l'œil droit de notre mère encore enfant, provoquant une blessure dont elle souffre encore terriblement.

Levées très tôt, bien avant les premiers rayons du soleil, nous arrivions à l'école coranique encore un peu endormies, luttant pour garder les yeux ouverts. Lorsque notre foundi rentrait dans sa case, nous pensant à l'abri des coups de baguette, nous nous laissions aller à un délicieux assoupissement. Mais la dame était sournoise et, depuis sa fenêtre, elle ne perdait pas une miette de ce qui se passait dans sa cour. Dès qu'une tête tombait sur la poitrine, qu'une bouche cessait de réciter les versets, elle sortait sur la pointe des pieds et surgissait derrière l'enfant assoupi avec la furtivité et la férocité d'un fauve. Que de réveils en sursaut ! Je ne sais plus de quoi mes courts rêves étaient faits mais je me rappelle qu'ils finissaient toujours mal.

Donc, à moins de casser une assiette en faisant la vaisselle, les tâches domestiques présentaient moins de risques que le manque d'attention ou la mauvaise récitation du Coran. Pour autant, je n'irais pas jusqu'à dire que j'aimais faire ce qui m'était demandé. J'avais l'habitude de faire la vaisselle et le ménage à la maison, mais lorsque la fille de la foundi se maria, c'est à moi que revint l'honneur des corvées dans le nouveau foyer. Je vous laisse imaginer le dégoût que peut ressentir une petite fille contrainte de laver, à la main, les sous-vêtements des jeunes mariés !

Laver les ustensiles de cuisine était moins répugnant, mais pas plus facile. La foundi n'avait nul besoin d'un lave-vaisselle puisque j'étais là et que je ne consommais pas d'électricité. Investir dans de l'électroménager n'était pas dans ses projets.

Comme dans beaucoup de foyers mahorais, la cuisine se faisait au milieu de la cour, sur un réchaud rudimentaire alimenté au charbon de bois. Cela avait pour résultat de noircir les casseroles en aluminium, souvent fabriquées artisanalement à Madagascar, qui sont très difficiles à nettoyer. Les remettre à l'état neuf après utilisation est carrément mission impossible. Bien sûr, du point de vue de la dame, il suffisait de frotter pour que l'aluminium retrouve son brillant. Facile à dire ! Si j'avais eu à ma disposition les éponges métalliques du commerce, l'exercice aurait été moins pénible, mais je n'avais que de la bourre de noix de coco, si bien que, pour atteindre le résultat attendu, il fallait surtout de l'huile de coude !

Frotter et frotter encore, jusqu'à ce que mes mains fassent mal et que, jugeant le résultat convenable, je passe à une autre corvée. Malheureusement, ce qui était convenable à mes yeux l'était rarement à ceux de la foundi qui savait déceler la moindre petite tache noire, le moindre petit résidu de suie. Le lendemain matin, la marmite m'attendait et je savais ce qu'il me restait à faire.

On pourrait croire que ma foundi était avare, mais ce n'était pas le cas. Si elle n'avait pas de lave-vaisselle et de machine à laver, si elle n'achetait pas de lessive et d'éponges c'est qu'elle n'en avait pas les moyens. Les cours de Coran étaient gratuits et elle n'avait pas d'emploi fixe. Elle se nourrissait des légumes de son jardin et, pour se faire un peu d'argent, vendait les poules qu'elle élevait. Quand je dis qu'elle élevait des poules ce n'est pas tout à fait la vérité puisque, une fois de plus, la plus grosse partie du travail revenait à ses jeunes élèves.

Elle recevait régulièrement des poussins qui arrivaient de France par avion. De beaux petits poussins jaunes qui, pour la plupart, avaient bien supporté le voyage et s'acclimataient bien dans la volière de fortune qui leur était réservée. Le maïs était pour eux aussi rare que le repas de l'aïd pour nous et leur ordinaire se composait, jour après jour, de pain rassis que notre foundi allait récupérer dans une boulangerie proche.

Quand elle revenait avec les invendus du jour ou de la veille, notre tâche consistait à grimper sur le toit en tôle pour les faire sécher. C'était un exercice périlleux car les tôles reposaient sur des murs en torchis et notre crainte était qu'elles cèdent sous notre poids. Par chance, cela n'est jamais arrivé.

Quand le pain était bien sec, nous remontions le chercher sur le toit et nous le réduisions en miettes pour les poussins. Tout au long de leur croissance, les pauvres bêtes étaient encore plus mal loties que nous car, même si elles échappaient aux travaux forcés qui nous étaient imposés, elles étaient des prisonnières réduites au pain sec et à l'eau. Sans parler du destin qui leur était réservé.

Le samedi était un jour spécial. Non pas qu'il nous fût permis de faire la grasse matinée, mais parce que les tâches domestiques n'étaient pas à l'ordre du jour. Le samedi était jour de récolte ! Le soleil était à peine levé lorsque, les yeux encore pleins de sommeil, la tête encore fatiguée d'une semaine d'école, nous partions pour l'école coranique.

Pas de répit pour les jeunes enfants que nous étions, pas un jour de vrai repos.

Donc, ce jour-là, aussitôt arrivées chez notre foundi, ce n'est pas la récitation du Coran qui nous attendait, mais une longue marche le long de la route, puis sur le sentier qui permettait d'accéder au sommet du Dziani où se trouvait son potager.

Le Dziani est un ancien volcan dont le cratère est désormais occupé par un lac où, selon certains, vivent des créatures maléfiques. Heureusement, le potager de la foundi était sur le flanc extérieur du volcan et non pas sur le versant menant au lac où nous n'aurions jamais osé nous aventurer.

Le trajet n'était pas pénible à l'aller car le soleil était encore bas sur l'horizon. C'était une toute autre affaire quand nous rentrions, en fin de matinée, avec les sacs chargés de légumes et de racines.

Le long du chemin, il nous suffisait de tendre le bras pour cueillir de délicieuses mangues juteuses et, après une bonne demi-heure de marche, nous arrivions à destination.

La vue sur la mer, depuis cette position élevée, était magnifique.

La foundi avait une manie qui gâchait un peu notre plaisir. Pour une raison étrange, peut-être par superstition, elle nous demandait de nous déchausser en arrivant sur sa parcelle et c'est donc pieds nus que nous récoltions le manioc et le tarot. Cela semblait déranger quelques fourmis rouges qui nous faisaient comprendre à leur façon leur mécontentement. Entre deux arrachages de racines nos mains étaient occupées à gratter les parties endolories par les multiples piqûres et, sur nos peaux noires, nos ongles laissaient des lignes parallèles claires sans pour autant nous soulager. Coups de baguettes à l'école coranique, morsures de fourmis au champ... Une étrange complicité semblait unir la maîtresse et les insectes.

Malgré mon jeune âge, il ne m'échappait pas que notre foundi avait une préférence marquée pour les petits anjouanais quand il s'agissait de choisir les candidats aux corvées et son choix se portait régulièrement sur moi.

Avec le recul, je n'en veux pas à cette maîtresse d'école coranique. Quelles qu'aient pu être ses raisons elle a, sans le savoir et probablement sans le vouloir, contribué à faire de moi ce que je suis aujourd'hui. Même si cette expérience n'est pas la seule à m'avoir forgé le caractère, elle y a contribué.

Bizarrement, les coups reçus à l'école coranique étaient généralement acceptés par les parents, mais gare au maître de l'école publique qui s'avisait de frapper un élève. Comprenne qui pourra.

On aurait tort de penser que j'acceptais sans brocher toutes les injustices et les mauvais traitements. Comme on l'a vu et comme on le verra plus loin, j'étais plutôt du genre rebelle et, quand la coupe était pleine, je ne me laissais pas faire.

Un jour, une fille demanda à la foundi de me confier la corvée qu'elle ne voulait pas faire. Pourquoi moi ? Mon sang ne fit qu'un tour et je me jetai sur elle. Nous étions de force égale et la lutte acharnée se poursuivit au sol dans une étreinte qui défit nos coiffures et chiffonna nos robes. Par malheur, lorsque ma robe se fut relevée au dessus de la ceinture tous les enfants éclatèrent de rire. Je ne mis pas longtemps à réaliser ce qui avait déclenché leur hilarité. Sans doute encore un peu endormie au moment de m'habiller, j'avais oublié de mettre une culotte.

A mon âge, je n'avais pas grand-chose à cacher, mais j'étais très pudique et le fils de la foundi qui arriva pour nous séparer était un adolescent. Ce fut le plus grand moment de honte de toute ma vie !

Quand j'en eus assez des coups de baguette et des corvées, je pris la décision de faire l'école coranique buissonnière.

Lorsque je me levais, dès les premières lueurs de l'aube, mes parents pensaient que j'allais à l'école coranique alors qu'en réalité c'était à l'école du lagon, de la plage et des amies complices que je me rendais quotidiennement. Pendant plusieurs semaines nulle autre que moi ne fut plus assidue à cette école buissonnière.

Les quelques centaines de mètres qui séparaient le domicile de la foundi de notre case n'étaient pas un obstacle infranchissable et je compris un jour qu'il avait été franchi quand, en rentrant de la plage, j'aperçus ma foundi en grande conversation avec maman.

Je pense que cette dame aurait volontiers fermé les yeux sur mes absences si sa fille et son gendre ne s'étaient plaints de devoir laver eux-mêmes leur linge. Dans sa décision d'alerter mes parents, le salut de mon âme avait sans doute moins pesé que l'absence de sa domestique préférée.

Comment gérer la situation inextricable dans laquelle je m'étais mise ? Je n'avais pas le courage de me présenter au tribunal improvisé qui tenait session devant la case familiale car je connaissais par avance la sentence.

C'est pourquoi, prenant ma lâcheté à deux mains, je m'avançai à pas de loup vers le grand badamier qui trônait dans la cour et me cachai sous un tas de branches fraîchement coupées. De loin, au ton de la conversation, je compris ce que l'avenir proche me réservait. Chaque parole de ma foundi ou de ma mère claquait comme un des coups de baguette qui m'attendaient.

Les feuilles de badamier sont larges et m'auraient procuré un abri sûr jusqu'à la nuit si la peur de l'obscurité n'avait pas été plus forte que la crainte du châtiment.

J'attendis que ma foundi s'éloigne et que ma mère rentre dans la case pour sortir de ma cachette, préparant mentalement mon corps aux coups qui allaient immanquablement pleuvoir sur lui.

A Mayotte, les parents ne frappent pas pour blesser, mais pour faire entrer dans les têtes dures les bases d'une éducation respectueuse.

Personne n'y échappait et personne ne s'en plaint aujourd'hui. Des amis métropolitains m'ont dit que cette éducation « à la dure » se pratiquait aussi en France autrefois, mais ils semblaient horrifiés que ce soit encore en vigueur sur mon île.

Les temps ont changé et, ici comme là-bas, aucun enfant n'accepterait plus d'être bastonné. Sauf, peut-être, dans les écoles coraniques.

L'école maternelle

Dans notre quartier, j'étais connue comme la fille qui n'aimait pas l'école. Les deux seuls moments que j'attendais étaient la sieste de l'après-midi et la sortie. Je ne supportais pas de quitter ma mère et je tenais à ce que ça se sache !

Chaque matin, je rejouais le même drame dans les rues de Labattoir et mes cris alertaient tout le voisinage, tous les gens qui avaient le malheur d'habiter sur le chemin de l'école. Ce comportement me valut une renommée qui est restée vivante dans leur mémoire et, aujourd'hui encore, lorsqu'ils rencontrent ma mère ils lui demandent des nouvelles de « la fille qui n'aimait pas l'école » !

Bien sûr, il y eut un premier matin.

Ma grande sœur étant plus âgée de deux ans, ce n'était pas sa première rentrée et, comme elle adorait l'école, elle ne m'avait dit que des choses rassurantes.

Portant la robe, les souliers et le cartable achetés spécialement pour ma première année d'école, j'étais plutôt contente et confiante. Je crois même avoir fait ce premier trajet un sourire au lèvres et le pas léger.

Une fois arrivées dans la cour de l'école, maman se dirigea vers le panneau d'affichage sur lequel figuraient nos noms et, après avoir accompagné ma sœur vers sa classe, elle me conduisit d'une main ferme jusqu'à la mienne.

J'étais un peu dérangée par le bruit que faisaient tous ces enfants, mais je ressentais de la curiosité plutôt que de l'inquiétude face à ce nouvel environnement.

Ça n'allait pas durer.

Lorsque maman lâcha ma main et s'éloigna, les pleurs des élèves qui, comme moi, effectuaient leur première rentrée furent couverts par mes hurlements et j'imagine que les instituteurs se demandèrent comment autant de bruit pouvait sortir d'un aussi petit corps.

Le maître ne savait pas comment gérer le problème et pensait sans doute déjà à la terrible année que j'allais lui faire passer. Au bout de quelques minutes, soucieux d'économiser ses oreilles ou de partager son supplice avec ses collègues, il me plaça au milieu de la cour et me demanda d'y rester jusqu'à ce que je me sois calmée. C'était mal me connaître. Le problème se posait ainsi : soit ma mère revenait me chercher, soit je continuais à hurler. Comme elle avait bien d'autres choses à faire et qu'elle ne reviendrait me chercher qu'à midi la question fut vite réglée.

Cette première matinée fut longue pour tout le monde !

De temps en temps, un maître sortait de sa classe et me regardait, regardait ensuite dans la direction de mon maître puis tournait le dos et rejoignait ses élèves en hochant la tête, incapable d'imaginer une façon légale, non-violente, de mettre fin à mes hurlements. S'ils avaient pu me tordre le cou sans risquer la prison je suis sûre qu'ils l'auraient fait !

Chaque matin, le même scénario se rejouait dans les rues de Labattoir et, tout le long du chemin, je tirais sur le salouva de ma mère pour tenter de la retenir. Quand nous arrivions à l'école, en dépit de tous mes efforts, je poussais jusqu'à l'extinction de voix les mêmes cris que la veille,

Je ne saurais dire combien de temps dura cette comédie avant que les jouets en bois, les jeux avec les camarades et les chansons que nous apprenait le maître finissent par m'apprivoiser. Je n'aimais pas davantage l'école mais je ne la détestais plus autant.

Mon maître était mahorais, mais il nous parlait en français, sauf quand je le faisais sortir de ses gonds et que les reproches lui venaient plus facilement et avec plus de force dans notre langue commune, le shimaoré.

C'est cette langue que je parlais à la maison et avec mes camarades. Je comprenais le français grâce aux dessins animés que mes sœurs et moi aimions tant et que nous dévorions chaque jour, au grand agacement de notre mère pour qui c'était du temps perdu. Elle qui avait toujours quelque chose à faire dans la maison aurait voulu que nous l'aidions davantage, mais nous étions des enfants et la télévision que notre père avait achetée autrefois était notre seul luxe et notre seule distraction. C'était aussi notre seule ouverture sur cet autre monde où les gens parlaient une langue qui, au début, ne nous était pas familière. Chaque soir, nous regardions le journal télévisé local présenté d'abord en français, puis en shimaoré. Cela nous a beaucoup aidées.

Les premiers temps, je me contentais d'écouter le maître, n'osant pas m'exprimer en français. Et puis, peu à peu, les mots sortirent de ma bouche, puis les phrases et je me sentis alors assez sûre de moi pour lever le doigt et répondre aux questions de l'instituteur. Bien sûr, c'est notre langue maternelle qui revenait spontanément à la récréation.

Deux années passèrent, lentement et pleines d'ennui, jusqu'à l'entrée à l'école primaire.

L'école primaire

Rien que dans la commune de Labattoir, il y avait six écoles primaires qui ne suffisaient pas à absorber un nombre toujours croissant d'enfants. Les cours avaient lieu le matin pour les élèves du cours préparatoire et du cours élémentaire 1 et l'après-midi pour les autres, les « grands ».

Les élèves qui fréquentaient l'école la plus proche de chez nous étaient ensuite envoyés au collège de Pamandzi, le plus éloigné. A l'inverse, l'école la plus éloignée de la maison assurait une place au collège de Labattoir, le plus proche de chez nous. Si notre mère décida de nous inscrire dans l'école primaire la plus éloignée c'est qu'elle avait une bonne raison de le faire.

A l'école primaire, nous n'allions en cours que le matin. En revanche, les cours au collège finissaient pour tous les élèves à seize ou dix-sept heures et notre mère tenait à ce que nous soyons de retour à la maison avant le coucher du soleil qui intervient très tôt sous nos latitudes. Eté comme hiver, la nuit tombe vers dix-huit heures.

Il était donc important de nous assurer une scolarité dans le collège le plus proche.

Deux des écoles primaires de Labattoir étaient si proches l'une de l'autre que les élèves pouvaient s'apercevoir à la récréation, mais les populations n'étaient pas les mêmes et ne se mélangeaient pas. Une des deux écoles était « l'école des blancs ». Cela s'expliquait par sa proximité avec les logements SIM pour les m'zougous et avec ceux réservés aux militaires. C'était aussi celle des enfants mahorais des familles aisées. Bien sûr, nous étions inscrites dans l'autre école !

Etant mon aînée, ma sœur ne s'était jamais trouvée dans la même classe que moi en maternelle et cela avait sans doute contribué à mon rejet de ce début de scolarité. En revanche, elle et mon frère étaient déjà à l'école primaire de Labattoir 4 quand j'y suis entrée et c'était un vrai réconfort de les retrouver à la récréation.

Il y avait cependant un revers à la médaille. Mes instituteurs, qui les avaient eus en classe, se souvenaient de leurs très bons résultats et je dus très tôt endurer des comparaisons qui n'étaient pas du tout à mon avantage.

Je compris rapidement que j'allais détester le primaire autant que j'avais détesté la maternelle.

Je savais assez bien lire, mais compter était une autre histoire ! Même les tables de multiplication les plus simples ne rentraient pas dans ma petite tête pour la simple raison que je n'avais pas envie de les apprendre. On aurait dit que j'avais une réputation de mauvaise élève à défendre.

Tenue au courant par mon instituteur, ma mère n'ignorait rien de mes mauvais résultats. Dans un premier temps, elle demanda à mon frère et à ma sœur de m'aider, mais il se découragèrent très vite en constatant que je ne faisais aucun progrès. Maman passa alors au plan B et se mit à jouer le rôle de l'institutrice pour me faire réciter mes leçons.

Ayant dû quitter l'école très tôt, elle ne maîtrisait pas plus que moi ces matières ennuyeuses, mais je ne m'en suis jamais rendu compte. A l'époque, je croyais qu'elle savait repérer les fautes et cela m'impressionnait beaucoup. Avec le recul, ce sont ses incroyables talents de comédienne et de psychologue qui m'impressionnent car, sans comprendre un seul mot de la leçon, elle repérait une erreur à la moindre hésitation, au moindre changement dans le ton de ma voix.

Merci, maman, d'avoir trouvé la force de me consacrer ces moments après tes dures journées de travail !

Quand vint le moment d'entrer au Cours Elémentaire 2, l'organisation scolaire changea. Une semaine sur deux, j'aurais dû aller à l'école le matin et l'autre semaine l'après-midi ce qui ne convenait pas à ma mère car elle était persuadée que je ne ferais rien d'autre que dormir l'après-midi. C'est pourquoi, soucieuse de ne pas voir mes résultats devenir encore plus catastrophiques, elle décida de me changer d'école. Et c'est ainsi que je fis ma rentrée en CE 2 dans une école toute neuve, sur la route des Badamiers, où les cours n'avaient lieu que le matin.

Cette école était assez éloignée de notre maison et, pour éviter que je fasse le chemin toute seule, maman y inscrivit aussi ma grande sœur.

Pendant une année, ma sœur et moi avons fait le chemin ensemble. A midi, nous avions à peine le temps de boire un verre d'eau avant de partir pour l'école coranique où la fatigue et la chaleur nous faisaient vite tomber dans un sommeil profond dont nous étions rapidement tirées à coups de baguette par notre foundi.

Nous étions très proches et ces heures passées à nous raconter nos petites histoires le long du chemin nous rapprochèrent encore. Malheureusement, l'année suivante elle entra au collège et cette séparation eut pour conséquence le début d'une dérive dont j'aurais pu ne pas sortir.

En effet, les filles qui la remplacèrent sur le chemin de l'école étaient loin d'avoir son sérieux. Avec le recul et sachant ce qu'elles sont devenues, je remercie le ciel ou la providence de m'avoir remise dans le droit chemin.

Je n'avais pas été très assidue à l'école coranique et j'en avais payé un prix douloureux, mais je n'en avais pas tiré les leçons. La mauvaise influence de mes nouvelles camarades me fit de nouveau goûter aux délices de l'école buissonnière.

L'école buissonnière

Après le départ de ma sœur pour le collège de Labattoir, je pris l'habitude de marcher avec des camarades de classe qui habitaient sur le chemin de l'école. Le matin, lorsque j'arrivais devant chez elles, je les appelais et, dès qu'elles sortaient, nous nous mettions en chemin. Un chemin qui, comme on va le voir, ne menait pas toujours là où il aurait dû nous conduire.

Ces filles n'étaient pas des élèves modèles. Alors que nous étions dans la même classe, elles avaient deux ans de plus que moi. Si j'avais réussi à me hisser jusqu'au Cours Moyen sans redoubler, malgré des résultats très insuffisants, ces filles étaient donc encore plus nulles que moi, ce qui était un véritable exploit !

La mère d'une de mes nouvelles camarades faisait chaque matin des beignets qu'elle vendait ensuite devant chez elle. Elle en gardait toujours quelques-uns pour nous et j'ai encore à la bouche le goût de ces délicieux beignets à la banane qui tombaient à pic pour soulager mon estomac vide.

Je n'aimais toujours pas l'école et le fait de tomber sur une maîtresse qui avait eu ma sœur, la bonne élève, ne m'encouragea pas à changer d'avis. Chaque fois que je ne connaissais pas ma leçon ou chaque fois que je bavardais, j'avais droit à la même rengaine : « Ta sœur était sérieuse, elle. Elle savait ses leçons, elle ! Elle ne bavardait pas, elle ! » Et, quand j'avais poussé cette pauvre dame à bout parce que ces remarques n'avaient pas sur moi l'effet éducatif qu'elle espérait, les insultes arrivaient en shimaoré. Ses remontrances et ses insultes étaient le meilleur moyen de me faire détester encore plus l'école.

Un jour, sur le chemin de l'école, c'est une question qui vint bouleverser notre quotidien.

« Et si on allait à la plage ? »

Cette proposition d'une de mes camarades reçut immédiatement un accueil enthousiaste et c'est ainsi que commença la saison de l'école buissonnière

Nous étions tellement inconscientes que nous passions devant l'école, puis à travers bois, pour arriver à une petite plage isolée où nous étions sûres de ne voir personne et, surtout, de ne pas être vues. Aujourd'hui, dans le contexte d'insécurité et de violence qui touche notre île, ce serait vraiment très risqué.

Notre première occupation, en arrivant près de la plage, était de grimper dans les manguiers pour nous régaler de belles mangues juteuses, après quoi, lorsque nos estomacs étaient remplis, nous allions nous baigner. Bien sûr, nous n'avions pas de maillots de bain, mais nous gardions nos culottes et nous pendions nos autres habits à des branches. Et là, pendant des heures, alors qu'aucune d'entre nous ne savait nager, nous jouions dans l'eau, sans penser un seul instant aux conséquences de nos actes. Puis, quand l'heure de rentrer était arrivée, nous faisions sécher nos culottes mouillées sur des pierres chauffées par le soleil et, une fois rhabillées, nous rentrions chez nous comme si de rien n'était.

Quand ma mère me demandait si j'avais passé une bonne journée à l'école, je répondais seulement que j'avais passé une bonne journée. De cette façon j'avais l'impression de ne pas mentir totalement. Je me sentais un peu coupable, mais c'était tellement bon de ne pas aller à l'école.

Une de mes camarades faisait pire que mentir. Dans la boutique familiale, elle profitait d'un moment d'inattention de sa mère pour prendre quelques euros dans la caisse. Qui allait s'en rendre compte ? Aucun petit commerce ne tenait une comptabilité rigoureuse, au jour le jour. Avec l'argent dérobé nous entrions dans le supermarché Score qui venait d'ouvrir en Petite Terre et nous faisions provision de gâteaux, de chips et de boissons. J'avais une préférence pour les Pringles au fromage reconnaissables à leur boîte jaune. Toutes ces friandises auxquelles je n'étais pas habituée rendaient nos expéditions encore plus délicieuses mais, plus que le goût des Pringles au fromage, c'est le goût de l'interdit qui m'a laissé les meilleurs souvenirs.

J'aurais dû me douter que le petit jeu qui consistait à manquer l'école une ou deux fois par semaine ne passerait pas longtemps inaperçu et qu'il ne resterait pas impuni.

Un matin, ce qui devait arriver arriva.

Lorsque je me présentai devant l'école avec le visage innocent de l'élève qui n'a rien à se reprocher, je fus accueillie par ma maîtresse et par le directeur qui me barrèrent le passage. Leur message était clair. Ils ne m'autoriseraient à rentrer en classe qu'après avoir parlé à ma mère de mes absences.

Le sourire s'effaça instantanément de mon visage. Comment lui avouer la vérité ? Sur le chemin de la maison où j'étais renvoyée sans ménagement, j'imaginais les cris et surtout les coups. Je devais avoir un don de voyance car tout ce que j'avais imaginé devint réalité et mes larmes ne réussirent pas à attendrir ma mère. Une fois de plus je fus comparée à ma sœur et à mon frère et ce n'était toujours pas à mon avantage.

Le lendemain, maman mit son plus beau salouva et, me tenant fermement par la main, me ramena à l'école. Tout le long du chemin, je la suppliai de trouver une excuse, de tout faire pour que je ne sois pas renvoyée. Maman ne répondait à ces suppliques que par des réprimandes chaque fois plus fortes et je me disais que, cette fois, mon compte était bon.

Quelle ne fut pas ma surprise de l'entendre invoquer, devant la maîtresse et le directeur, l'excuse la plus imparable et la plus inattendue ! Si je manquais l'école, c'était à cause de ma santé fragile qui provoquait régulièrement de terribles maux de tête qui m'obligeaient à rester à la maison.

Je ne savais pas que ma mère pouvait mentir et je savais encore moins qu'elle pouvait le faire en étant aussi persuasive. Je fis donc de mon mieux pour me montrer à la hauteur de ses talents de comédienne en affichant un visage torturé par une douleur imaginaire.

Que pouvait faire la maîtresse face à un cas médical aussi grave sinon me plaindre et souhaiter que j'aille mieux ? Je fus donc autorisée à rejoindre ma classe et, recouvrant par miracle la santé, je perdis à partir de ce jour l'habitude de manquer l'école.

La gifle

J'avais cessé de faire l'école buissonnière, mais je restais fidèle à ma réputation de mauvaise élève qui n'apprenait pas ses leçons et n'écoutait pas le maître. Si, au moins, je m'étais tenue tranquille au fond de la classe, je me serais dirigée sans accrocs vers l'issue réservée aux cancres de mon espèce, c'est à dire les PPF, mais il fallait en plus que j'aggrave mon cas en ne tenant pas en place et en bavardant.

On verra plus loin ce qu'il m'en a coûté et aussi ce que ça m'a rapporté.

Les enfants aiment se moquer de l'orientation en PPF en prétextant que l'acronyme signifie Populations Perdues dans la Forêt. En réalité, tous les élèves qui échouaient à l'examen d'entrée en sixième se retrouvaient dans des PPF, classes préprofessionnelles de formation, qui n'étaient rien d'autre que des voies de garage.

Ce n'était pas très charitable de se moquer de camarades perdus pour les études en les imaginant perdus dans la forêt et je me demande encore si nous pensions au Petit Poucet ou bien si nous les imaginions retourner à l'état sauvage. Les enfants ne se font pas de cadeaux et sont même capables des pires méchancetés. C'est au collège que j'allais, plus tard, en faire l'expérience.

J'avais eu la chance d'apprendre le français en regardant la télévision, mais beaucoup d'enfants vivaient dans des conditions encore plus difficiles que nous et n'avaient pas bénéficié de cette fenêtre sur le monde. De ce fait, ils arrivaient en primaire ne sachant parler que le shimaoré, face à des instituteurs locaux peu formés qui leur parlaient dans cette langue, la seule qu'eux-mêmes maîtrisaient vraiment. Ces élèves accumulaient fatalement beaucoup de retard et il n'était pas rare de les retrouver à quinze ou seize ans en fin de primaire, sachant à peine lire et compter.

Par chance, j'avais toujours eu des maîtres et maîtresses de qualité et je parlais assez bien le français, mais mes résultats restaient insuffisants et la logique aurait voulu que j'aille, moi aussi, me « perdre dans la forêt » si un événement n'était pas venu faire pencher la balance du bon côté.

Un jour où j'avais sans doute été plus bavarde, plus agitée que d'habitude, l'instituteur perdit ses nerfs et m'administra une gifle magistrale. On ne m'avait jamais frappée avec autant de violence à la maison et je ne comprenais pas ce qui m'arrivait. C'est un mélange de honte et de sidération qui me fit baisser la tête et rester ainsi pendant de longues minutes en sanglotant. Quand je relevai la tête, le maître découvrit en même temps que moi que mes vêtements étaient couverts de sang.

Son sang à lui ne fit qu'un tour et, l'air horrifié, il demanda à tous les élèves de sortir avant de quitter la classe à son tour. Avait-il honte ou avait-il peur des conséquences de son geste ? Toujours est-il qu'il ne revint pas et que ce sont d'autres instituteurs qui arrivèrent et se plantèrent devant moi.

J'étais perdue. Mon nez ne cessait de couler et je ne savais pas quoi penser de tous ces maîtres debout devant moi. Allaient-ils me punir encore plus durement ?

J'aurais sans doute souhaité des paroles réconfortantes, mais c'est un autre discours qu'ils me tinrent : « Tu dois comprendre que ce sont des choses qui arrivent et, avec ton comportement, ça devait arriver. Tu ne peux t'en prendre qu'à toi-même. »

Pour eux, l'instituteur n'était coupable de rien. Ils ajoutèrent que je ne devais parler de cet incident à personne.

Si j'étais partie en courant pour aller me réfugier chez moi, j'aurais sans doute attiré l'attention d'un passant avec mes vêtements couverts de sang. L'affaire se serait terminée à la gendarmerie avec de lourdes conséquences pour mon maître.

C'est bien ce qu'ils redoutaient car ils s'empressèrent de nettoyer mon t-shirt et mon visage avant de regagner leurs classes, comme si rien ne s'était passé.

De retour à la maison, je ne trouvai pas auprès de ma mère la consolation attendue. Je sentais bien qu'elle était en colère contre l'instituteur, mais elle était bien placée pour savoir que je pouvais me rendre insupportable et elle devait penser, sans oser l'avouer, que je l'avais bien cherché.

J'avais sans doute mérité une punition, je voulais bien l'admettre, mais la gifle que j'avais reçue avait mis ma santé en danger. Pendant des semaines, j'eus mal à la tête et très souvent, à mon réveil, je découvrais mon drap taché de sang.

Je pense avoir dû mon salut à un remède de grand-mère à base de plantes qui mit fin aux saignements et aux maux de tête. Cela prit du temps.

A partir du jour où je reçus cette gifle, mon attitude changea. Désormais, je me tenais tranquille en classe, mais dans une attitude totalement passive. Je faisais comme si l'instituteur n'était pas là et je ne faisais plus aucun effort. En réussissant à me calmer, ce maître avait surtout augmenté mon dégoût de l'école.

Mes résultats passèrent de mauvais à catastrophiques et je n'aurais jamais dû entrer au collège. Mais, alors que la forêt des enfants perdus me tendait les bras, je fus admise directement en sixième, sans examen de passage et sans repêchage.

Ma blessure de guerre et les remords de l'équipe éducative m'avaient offert ce passe-droit.

Chidou l'africaine

Mes camarades d'école buissonnière ne furent pas admises au collège et nos chemins se séparèrent. Quand je les ai revues, des années plus tard, elles n'avaient pas fait d'études et avaient toutes eu des enfants très tôt. Il faut dire que, dès l'époque où nous préférions sécher l'école, elles avaient déjà des petits copains. C'était même leur principal centre d'intérêt. De mon côté, alors que j'étais sans doute une des filles les moins disciplinées de l'école, les garçons ne m'intéressaient pas et, de toute façon, ils ne m'approchaient pas de moi car j'avais une réputation de bagarreuse qui devait leur faire peur.

Au collège, les garçons ne venaient clairement que pour le sport et c'était bien la seule matière dans laquelle ils brillaient. Leurs résultats étaient si catastrophiques qu'en fin de trimestre je me retrouvais systématiquement en milieu de tableau, parmi les élèves moyens, au grand étonnement de maman.

Notre mère venait aussi au collège mais pour une raison bien précise.

Chaque jour, elle achetait des glaces au supermarché SCORE et les mettait dans une glacière qu'elle portait sur sa tête jusque devant le portail de l'établissement. A la récréation de dix heures une meute de gourmands se pressait pour acheter les bâtonnets dont nous rêvions, ma sœur et moi, sans pouvoir nous les offrir et, lorsque la sonnerie annonçait la reprise des cours, notre mère rentrait à la maison pour déposer la glacière vide avant de partir faire des ménages. Même si le bénéfice qu'elle faisait sur chaque glace vendue n'était pas grand, les centimes qui s'accumulaient permettaient d'améliorer notre ordinaire, au prix d'une plus grande fatigue pour notre courageuse mère.

Contrairement à l'école primaire où je n'allais que le matin, il fallait être présent au collège du matin au soir. Cela eut pour avantage immédiat de mettre fin aux corvées de l'école coranique. Et, alors même que je ne récitais plus le coran quotidiennement, un miracle se produisit. Je me mis à travailler et même à aimer l'école. Il ne fallait pas trop m'en demander en maths et en anglais mais les autres matières m'intéressaient.

Il y avait d'autres raisons à mon soudain assagissement.

Tous mes professeurs étaient métropolitains et je n'avais jamais vu autant de « blancs » à la fois. Je me disais qu'il ne fallait pas plaisanter avec des gens venus de très loin pour nous enseigner des matières aussi étranges que les Sciences de la Vie et de la Terre. La terre, j'en connaissais un rayon à force de planter du manioc et des patates douces dans le champ de notre foundi, mais que pouvaient-ils donc m'apprendre sur la vie ? Cela éveillait ma curiosité.

Je savais aussi qu'en cas de problème ma mère n'aurait pas pu plaider ma cause, comme elle l'avait fait auprès des instituteurs mahorais, puisqu'elle ne parlait pas français. Quant aux conseils de classe, ils me faisaient penser à un tribunal dont je redoutais les sentences. Non, vraiment, je n'avais plus le choix. Il fallait que je me mette au travail et ce n'était pas toujours facile.

Parfois, nous n'avions qu'une heure de pause entre les cours du matin et ceux de l'après-midi, ce qui ne laissait pas le temps de rentrer à la maison pour manger. Il fallait donc retourner en cours le ventre vide, comme plusieurs autres camarades de classe, car aucun des collèges de l'île n'avait de cantine. Je ne comprenais pas que l'on fasse autant d'efforts pour remplir nos têtes mais aucun effort pour remplir nos ventres. Il y avait bien, à l'extérieur de l'établissement, des dames qui vendaient des pizzas, mais je n'avais pas le moindre centime pour m'en acheter. Les premiers jours, le ventre gargouille, crie famine au point d'en être gênant car on s'imagine que tout le monde l'entend, puis le corps s'habitue et on espère seulement qu'il y aura quelque chose dans les assiettes, le soir, à la maison.

Même si le collège de Labattoir était plus proche de chez nous que celui de Pamandzi, le trajet prenait de longues minutes. Quand il faisait beau, tout allait bien, mais quand arrivait la saison des pluies c'était une autre histoire.

A Mayotte, nous ne connaissons que deux saisons. De juin à septembre, c'est la saison sèche, appelée « koussi », suivie de décembre à mars de la saison des pluies, le « kashkazi ». Et quelles pluies ! Sous nos latitudes, ce ne sont pas de petites averses ! Les rues et les routes sont transformées en rivières qui charrient toutes sortes d'objets. De la Vigie, la colline qui domine la Petite-Terre, des torrents dévalent la pente à toute allure, inondant les cases en contrebas. Il est arrivé que de jeunes enfants meurent noyés.

Les jours de pluie, il n'était pas question de « sécher » les cours. Comme nous n'avions ni parapluies ni imperméables pour nous protéger, ma sœur et moi serions arrivées au collège trempées de la tête aux pieds et dans l'impossibilité d'aller en cours toutes dégoulinantes si notre mère n'avait imaginé une parade sous la forme de deux sacs plastique pour chacune. Le premier servait à couvrir nos cheveux qu'elle avait patiemment tressés le dimanche et le second contenait des habits secs, bien à l'abri dans nos sacs à dos.

Arrivées au collège, nous allions directement aux toilettes pour nous changer. Les habits trempés prenaient la place des habits secs dans le sac plastique et, ni vu ni connu, nous allions en cours aussi sèches et présentables que nos camarades mieux équipés.

C'est au collège que j'ai croisé les premiers élèves métropolitains. A la récréation, ils restaient entre eux, sans doute pas par racisme, mais parce que le fossé était grand entre nos modes de vie. C'était probablement leur première rencontre avec des enfants d'une autre culture et je pense qu'ils n'avaient pas la curiosité de s'intéresser à notre monde. Une chose est certaine, ce n'est pas à eux que je dois ma première et douloureuse expérience du racisme, mais à une élève de ma couleur de peau.

Cette fille de ma classe ne tarda pas à me trouver un surnom. A peine plus foncée qu'elle et de même origine, j'étais pour elle « chidou », autrement dit « l'africaine », la fille « trop noire ».

Il n'y avait rien d'outrageant à être africaine, même si je n'avais pas conscience, à l'époque, de nos lointaines racines continentales, mais le ton sur lequel ce surnom m'était lancé au visage en faisait une insulte qui me blessait.

Comment expliquer son comportement ? Sa peau légèrement plus claire que la mienne lui donnait-elle un sentiment de supériorité ? Rêvait-elle d'être acceptée dans le groupe des filles métropolitaines en affichant son mépris d'une enfant plus noire qu'elle ? Je crois plutôt qu'elle était jalouse des traits fins que j'avais hérités de mes ancêtres malgaches et de ma silhouette fine qui contrastait de façon si flagrante avec la sienne.

Au primaire, je lui aurais vite appris de quel bois, ou de quel charbon de bois, se chauffe une « africaine », mais nous étions au collège, un lieu dont je ne possédais pas encore les codes et où je craignais des sanctions nouvelles et très obscures comme les retenues ou le conseil de discipline.

Fort heureusement, et sans doute au grand désespoir de cette harpie, le surnom qu'elle m'avait donné n'eut pas le succès qu'elle escomptait. Seul un garçon, aussi noir que moi, m'appelait « chidou » quand il me croisait, mais je ne sentais pas chez lui la même méchanceté, la même volonté de blesser.

Ce fut un soulagement quand cette fille rejoignit une autre classe en quatrième et ma scolarité se poursuivit alors sans incident, sans qu'aucun événement ne s'imprime dans ma mémoire, jusqu'à la bonne nouvelle de mon admission au lycée.

Mes résultats n'étaient toujours pas brillants et beaucoup de mes camarades étaient dans le même cas. Pourtant, nous nous sommes presque tous retrouvés au lycée de Pamandzi, avec sa superbe vue panoramique sur le lagon et l'aéroport tout proches.

Trois ans plus tard, le bac en poche, j'allais prendre un de ces avions que nous regardions décoller et atterrir lorsque le bruit de leurs moteurs attirait plus notre attention que la voix du professeur.

Le grand départ

Au lycée, j'étais presque devenue une bonne élève sans histoires. J'aimais beaucoup le français et c'est grâce à mes résultats dans cette matière que j'ai eu le bac. Au rattrapage, bien sûr, car il fallait remonter les notes calamiteuses obtenues en mathématiques et en anglais. Ma prestation à l'oral me valut la note de vingt sur vingt, la meilleure note de toute ma carrière d'élève, toutes matières confondues. C'était une belle façon d'achever ma scolarité à Mayotte, avant d'entreprendre le grand voyage vers la métropole.

Qui peut imaginer ce que ressent une adolescente qui n'a jamais connu que son petit bout d'île, qui a toujours vécu entourée des siens, lorsqu'elle doit tout quitter pour rejoindre une terre inconnue à dix mille kilomètres ? Certains de mes camarades de classe n'appréhendaient pas ce voyage vu qu'ils allaient souvent passer leurs vacances en France, mais, pour moi, c'était un saut dans le vide. Ce que je ressentais était sans doute proche de ce qu'ils auraient ressenti si on les avait envoyés sur la planète Mars.

Ma sœur était partie deux ans plus tôt et elle nous avait raconté la solitude, le froid, le mal du pays qui avaient été si éprouvants. C'était un peu le pôle nord qu'elle nous décrivait et même si je ne m'attendais pas à croiser des ours polaires, rien qu'imaginer des paysages blancs de neige me donnait des frissons.

Ma seule expérience du froid était l'eau de la douche du matin et je n'avais jamais porté un pullover ou un manteau de ma vie. J'avais aussi du mal à imaginer que de la buée puisse sortir de la bouche par grand froid et encore moins que l'eau puisse geler dans les flaques.

Mes craintes décuplaient au fur et à mesure que se rapprochait le moment de partir pour ce pays lointain qui cumulait tant de désagréments.

Ce qui m'angoissait le plus était la perspective de me retrouver seule. Ceux qui avaient la chance d'avoir de la famille en métropole avaient demandé un établissement dans la même ville, ce qui leur permettait de se retrouver le soir dans le confort douillet d'un environnement familial.

Je n'avais pas cette chance. Je savais seulement qu'une dame inconnue, envoyée par la

DASU, la direction des affaires scolaires et universitaires, m'attendrait à l'aéroport de Roissy et m'accompagnerait jusqu'à la gare Montparnasse, après quoi j'allais devoir me débrouiller seule. Je n'étais pas du tout sûre que mon âme de guerrière, de sauvageonne, me permettrait de m'imposer dans un monde que j'imaginais hostile.

Certes, je n'étais pas la seule dans ce cas, mais cela ne me procurait aucun réconfort car je savais que beaucoup ne tenaient pas le coup et repartaient au bout de quelques mois ou à la fin de l'année universitaire. Je ne voulais pas que cela m'arrive et cela n'est pas arrivé.

En mettant le pied sur le sol de la métropole, ce n'est pas seulement mon île natale que je laissais derrière moi, mais mon enfance. J'étais brutalement plongée, sans y être vraiment préparée, dans un monde d'adultes différents de ceux que je croisais quotidiennement. Plus de cocos sur le bord du chemin, plus de voisins, plus d'occasions de parler ma langue maternelle. Chacun ici semblait enfermé dans sa bulle et, lorsque je rentrais dans ma chambre d'étudiante, le soir après les cours, j'entrais moi aussi dans ma bulle, imaginant au-delà de l'horizon que j'apercevais depuis ma fenêtre mon petit bout de terre, mon petit monde où les moments de bonheur et de tristesse s'étaient succédé pour faire de l'enfant que j'étais la jeune femme que je suis aujourd'hui.

Epilogue

« Attends, faut que je te raconte ! L'autre jour un jeune débarque chez notre mère et lui dit qu'il veut épouser notre petite sœur. Il a entendu dans le voisinage qu'elle avait encore deux filles à marier et il a choisi celle de son âge, comme ça, sans la connaître !

Notre mère est prise au dépourvu, alors elle lui dit qu'il faut qu'elle réfléchisse et qu'elle lui donnera une réponse dans quelques jours. En fait, je ne sais pas si c'était une façon de se débarrasser de lui ou si elle voulait vraiment réfléchir. A Mayotte, les mères aiment bien savoir leurs filles mariées.

Bon, le jeune est vraiment pressé parce qu'il revient deux jours plus tard et il précise qu'il veut une femme et aussi aller en France pour ses études. Comme notre sœur est déjà en France, il pense que ça colle à merveille. C'est louche quand même d'être aussi pressé quand tu ne connais pas la fille que tu veux épouser, non ?

Alors ma mère lui dit qu'elle n'a pas encore la réponse, mais qu'elle va interroger notre père.

Papa et maman ne se parlent plus, mais bon, il a quand même son mot à dire quand il est question de marier une des filles qu'ils ont eues ensemble. Donc, maman va voir papa qui tranche sèchement : « Pas question ! Elle est en France pour ses études, pas pour fonder un foyer ! »

Papa, la voix de la raison, ça fait tout drôle.

Après, c'est la mère du jeune qui se présente. « Hodi ! » Et commence alors le portrait d'un jeune homme bien sous tous rapports, le parfait mari pour notre petite sœur. Sauf que le gendre idéal s'est arrêté au bac et qu'il n'a pas de travail. Tu la sens l'arnaque là ? Un point de chute en France, le gîte, le couvert et plus si affinités. Tu vois ce que je veux dire !

Maman décline l'alléchante proposition et le jeune rentre chez lui, dépité. Il va devoir rester célibataire ou bien se trouver une fille du coin, ça ne manque pas. Tu ne crois pas qu'il aurait pu commencer par là ? Il faut qu'il ait un sérieux problème pour ne pas avoir trouvé quelqu'un à vingt ans ! Et puis ça ne se fait plus d'arranger les mariages comme ça. Même dans notre petit coin reculé de l'Océan Indien, les mentalités ont évolué. Maintenant, tu rencontres quelqu'un, il te plaît, tu sors avec et puis tu vas dire aux parents que vous voulez vous marier. Mais lui, non. Il voulait faire ça à l'envers. D'abord aller voir les parents et ensuite rencontrer la fille. Un truc à l'ancienne, ou alors comme dans certains pays qu'il a dû voir à la télé…

C'est dingue, tu ne trouves pas ? »

Sommaire

Enfances	1
La vie dans notre case	3
Le poulpe	15
Cyclones	19
Nos vacances	25
Florilège de mes bêtises	35
Papa s'en va	43
Maman	47
Les voisins	59
La reine du mataba	65
Tante volage	71
Soucoupes volantes	85
Les voulés aux Badamiers	91
Le douka de notre père	97
Le bazari	103
L'école coranique	109
L'école maternelle	121
L'école primaire	127

L'école buissonnière	133
La gifle	139
Chidou l'africaine	145
Le grand départ	153
Epilogue	157

youssouf.roukia976@gmail.com

Loi n°49-956 du 16 juillet 1949 sur les publications destinées à la jeunesse, modifiée par la loi n°2011-525 du 17 mai 2011.

© 2021, Roukia Youssouf
Édition : BoD – Books on Demand, info@bod.fr
Impression : BoD – Books on Demand, In de Tarpen 42, Norderstedt (Allemagne)
Impression à la demande
ISBN : 978-2-3222-6077-5
Dépôt légal : Fevier 2021